Pierre Jannet

Daphnis et ChloéLes pastorales de Longus

Pierre Jannet

Daphnis et ChloéLes pastorales de Longus

ISBN/EAN: 9783337363079

Printed in Europe, USA, Canada, Australia, Japan

Cover: Foto ©Andreas Hilbeck / pixelio.de

More available books at **www.hansebooks.com**

DAPHNIS ET CHLOÉ

DEUXIÈME ÉDITION

LES PASTORALES DE LONGUS

OU

DAPHNIS ET CHLOÉ

TRADUCTION D'AMYOT

REVUE ET COMPLÉTÉE PAR P.-L. COURIER

NOUVELLE ÉDITION

ACCOMPAGNÉE D'UN GLOSSAIRE DES MOTS

DIFFICILES

PAR

M. PIERRE JANNET

PARIS

Chez Alphonse LEMERRE, libraire

27–29, passage Choiseul

MDCCCLXXIII

TABLES DES MATIÈRES.

AVERTISSEMENT DE L'ÉDITEUR.

Sur Longus, il n'y a rien à dire. Sur son livre et sur la traduction d'Amyot, la *Préface du traducteur* donne tous les renseignements désirables.

C'est en 1807 que Paul-Louis Courier découvrit dans la Bibliothèque Laurentienne, à Florence, un manuscrit des Pastorales de Longus contenant un passage assez long resté jusqu'alors inconnu. Plus tard, il transcrivit ce fragment, et, en 1810, il fit imprimer à Rome une édition complète du texte grec, qui ne fut tirée qu'à cinquante-deux exemplaires. La même année, il fit imprimer à Florence, à soixante exemplaires, la version d'Amyot, dans laquelle il avait introduit une traduction du fragment nouvellement découvert, faite par lui dans le style du premier traducteur.

En 1813, il publia chez Firmin Didot une «traduction complette d'après le texte grec des meilleurs manuscrits». Dans cette traduction, il avait conservé autant qu'il l'avait pu celle d'Amyot.

Cette traduction, revue et corrigée, reparut en 1821, in-8, chez Alexandre Corréard, le naufragé de la *Méduse*, le libraire de l'opposition bonapartisto-libérale; puis, en 1825, in-16, dans la *Collection des Romans grecs* publiée par Merlin.

C'est l'édition de 1825, la dernière revue par Courier, qu'on reproduit ici.

En transcrivant le fragment inédit de Florence, Courier eut le malheur de faire sur ce fragment une tache d'encre qui couvrait une vingtaine de mots. Cet accident fut l'occasion d'une polémique violente, dans laquelle on vit intervenir des personnages qu'on est bien étonné de voir mêlés à cette affaire. Courier expliqua les faits dans une *Lettre à M.*

Renouard, qu'on a souvent réimprimée. Ce que je ne puis me lasser d'admirer, c'est que cette lettre, dirigée uniquement contre le gouvernement de l'Empire, fit vendre cinq éditions de *Daphnis et Chloé* dans le courant de l'année 1821. En vérité, l'opposition de ce temps-là était singulièrement intelligente! Je ne reproduis pas cette lettre. Elle peut figurer avec honneur dans une collection des pamphlets de Paul-Louis Courier, mais il n'y a plus aucune raison pour la joindre à une édition de Longus. D'ailleurs on la trouve partout.

Plusieurs éditions du Longus de Courier sont suivies de notes sur les variantes du texte grec, sur les erreurs d'Amyot et sur les améliorations que Courier a introduites dans sa traduction. J'ai cru devoir écarter aussi ces notes, intéressantes seulement pour les hellénistes.

Ce qu'on offre ici au public, c'est donc tout simplement le roman de Longus dans la meilleure traduction française. Tout ce qu'on a cru pouvoir y joindre, c'est un glossaire des mots difficiles, dans lequel on a intercalé un index des noms géographiques et mythologiques. Ce petit travail, qui n'avait pas encore été fait, pourra n'être pas tout à fait dépourvu d'utilité.

P. JANNET.

PRÉFACE DU TRADUCTEUR

La version faite par Amyot des Pastorales de Longus, bien que remplie d'agrément, comme tout le monde sait, est incomplète et inexacte; non qu'il ait eu dessein de s'écarter en rien du texte de l'auteur; mais c'est que d'abord il n'eut point l'ouvrage grec entier, dont il n'y avoit en ce temps-là que des copies fort mutilées. Car tous les anciens manuscrits de Longus ont des lacunes et des fautes considérables, et ce n'est que depuis peu qu'en en comparant plusieurs, on est parvenu à suppléer l'un par l'autre, et à donner de cet auteur un texte lisible. Puis, Amyot, lorsqu'il entreprit cette traduction, qui fut de ses premiers ouvrages, n'étoit pas aussi habile qu'il le devint dans la suite, et cela se voit en beaucoup d'endroits où il ne rend point le sens de l'auteur, par-tout assez clair et facile, faute de l'avoir entendu. Il y a aussi des passages qu'il a entendus et n'a point voulu traduire. Enfin, il a fait ce travail avec une grande négligence, et tombe à tous coups dans des fautes que le moindre degré d'attention lui eût épargnées. De sorte qu'à vrai dire, il s'en faut de beaucoup qu'Amyot n'ait donné en françois le roman de Longus; car ce qu'il en a omis exprès, ou pour ne l'avoir point trouvé dans son manuscrit, avec ce qu'il a mal rendu par erreur ou autrement, fait en somme plus de la moitié du texte de l'auteur, dont sa version ne représente que certaines parties, des phrases, des morceaux bien traduits parmi beaucoup de contre-sens, et quelques passages rendus avec tant de grâce et de précision, qu'il ne se peut rien de mieux. Aussi s'est-on appliqué à conserver avec soin dans cette nouvelle traduction jusqu'aux moindres traits d'Amyot conformes à l'original, en suppléant le reste d'après le texte tel que nous l'avons aujourd'hui, et il semble que c'étoit là tout ce qui se pouvoit faire. Car de vouloir dire en d'autres termes ce qu'il avoit si heureusement exprimé dans sa traduction, cela n'eût pas été raisonnable, non plus que d'y respecter ces longues traînées de langage, comme dit Montaigne, dans lesquelles, croyant développer la pensée de son auteur, car il n'eut jamais d'autre but, il dit quelquefois tout le contraire, ou même ne dit rien du tout. Si quelques personnes toutefois n'approuvent pas qu'on ose toucher à cette version, depuis si long-temps admirée comme un modèle de grâce et de naïveté, on les prie de considérer que, telle qu'Amyot l'a donnée, personne ne la lit maintenant. Le Longus d'Amyot, imprimé une seule fois, il y a plus de deux siècles, n'a reparu depuis qu'avec une foule de corrections et des pages entières de suppléments, ouvrage des nouveaux éditeurs, qui, pour en remplir les lacunes et remédier aux contre-sens les plus palpables d'Amyot, se sont aidés comme ils ont pu d'une faible version latine, et ainsi ont fait quelque chose qui n'est ni Longus ni Amyot. C'est là ce qu'on lit aujourd'hui. Le projet n'est donc pas nouveau de retoucher la version d'Amyot; et si on le passe à ceux-là qui n'ont pu avoir nulle idée de l'original, en fera-t-on un crime à quelqu'un qui, voyant les fautes d'Amyot changées plutôt que corrigées par ses éditeurs, aura entrepris de rétablir dans cette traduction, avec le vrai sens de l'auteur, les belles et naïves expressions de son interprète? Un ouvrage, une composition, une œuvre créée, ne se peut finir ni retoucher que par celui qui l'a conçue; mais il n'en va pas ainsi d'une traduction, quelque belle qu'elle soit; et cette Vénus qu'Apelle laissa imparfaite, on auroit pu la terminer, si c'eût été une copie, et la corriger même d'après l'original.

Nous ne savons rien de l'auteur de ce petit roman: son nom même n'est pas bien connu. On le trouve diversement écrit en tête des vieux exemplaires, et il n'en est fait nulle mention dans les notices que Suidas et Photius nous ont laissées de beaucoup d'anciens écrivains: silence d'autant plus

9

surprenant, qu'ils n'ont pas négligé de nommer de froids imitateurs de Longus, tels qu'Achilles Tatius et Xénophon d'Éphèse. Ceux-ci, contrefaisant son style, copiant toutes ses phrases et ses façons de dire, témoignent assez en quelle estime il étoit de leur temps. On n'imite guère que ce qui est généralement approuvé. Nicétas Eugénianus, dont l'ouvrage se trouve dans quelques bibliothèques, n'a presque fait que mettre en vers la prose de Longus. Mais le plus malheureux de tous ceux qui ont tenté de s'approprier son langage et ses expressions, c'est Eumathius, l'auteur du roman des Amours d'Ismène et d'Isménias. Quant à Héliodore, ce qu'il a de commun avec notre auteur se réduit à quelques traits qu'ils ont pu puiser aux mêmes sources, et ne suffit pas pour prouver que l'un d'eux ait imité l'autre. Quoi qu'il en soit, on voit que le style de Longus a servi de modèle à la plupart de ceux qui ont écrit en grec de ces sortes de fables que nous appelons romans. Il avoit lui-même imité d'autres écrivains plus anciens. On ne peut douter qu'il n'ait pris des poètes érotiques, qui étoient en nombre infini, et de la nouvelle Comédie, ainsi qu'on l'appeloit, la disposition de son sujet, et beaucoup de détails, dont même quelques-uns se reconnoissent encore dans les fragments de Ménandre et des autres comiques. Il a su choisir avec goût et unir habilement tous ces matériaux, pour en composer un récit où la grâce de l'expression et la naïveté des peintures se font admirer dans l'extrême simplicité du sujet. Aussi aura-t-on peine à croire qu'un tel ouvrage ait pu paroître au milieu de la barbarie du siècle de Théodose, ou même plus tard, comme quelques savants l'ont conjecturé.

LES PASTORALES
DE
LONGUS.

⊐

LIVRE PREMIER.

En l'île de Lesbos chassant, dans un bois consacré aux Nymphes je vis la plus belle chose que j'aie vue en ma vie, une image peinte, une histoire d'amour. Le parc, de soi-même, étoit beau; fleurs n'y manquoient, arbres épais, fraîche fontaine qui nourrissoit et les arbres et les fleurs; mais la peinture, plus plaisante encore que tout le reste, étoit d'un sujet amoureux et de merveilleux artifice; tellement que plusieurs, même étrangers, qui en avoient ouï parler, venoient là, dévots aux Nymphes, et curieux de voir cette peinture. Femmes s'y voyoient accouchant, autres enveloppant de langes des enfants; de petits poupards exposés à la merci de fortune; bêtes qui les nourrissoient, pâtres qui les enlevoient; jeunes gens unis par amour; des pirates en mer, des ennemis à terre qui couroient le pays, avec bien d'autres choses, et toutes amoureuses, lesquelles je regardai en si grand plaisir, et les trouvai si belles, qu'il me prit envie de les coucher par écrit. Si cherchai quelqu'un qui me les donnât à entendre par le menu; et avant le tout entendu, en composai ces quatre livres, que je dédie comme une offrande à Amour, aux Nymphes et à Pan, espérant que le conte en sera agréable à plusieurs manières de gens, pour ce qu'il peut servir à guérir le malade, consoler le dolent, remettre en mémoire de ses amours celui qui autrefois aura été amoureux, et instruire celui qui ne l'aura encore point été. Car jamais ne fut ni ne sera qui se puisse tenir d'aimer, tant qu'il y aura beauté au monde, et que les yeux regarderont. Nous-mêmes, veuille le Dieu que sages puissions ici parler des autres!

Mitylène est ville de Lesbos, belle et grande, coupée de canaux par l'eau de la mer qui flue dedans et tout à l'entour, ornée de ponts de pierre blanche et polie; à voir, vous diriez non une ville, mais comme un amas de petites îles. Environ huit ou neuf lieues loin de cette ville de Mitylène, un riche homme avoit une terre: plus bel héritage n'étoit en toute la contrée; bois remplis de gibier, coteaux revêtus de vignes, champs à porter froment, pâturages pour le bétail, et le tout au long de la marine, où le flot lavoit une plage étendue de sable fin.

En cette terre un chevrier nommé Lamon, gardant son troupeau, trouva un petit enfant qu'une de ses chèvres allaitoit, et voici la manière comment. Il y avoit un hallier fort épais de ronces et d'épines, tout couvert par-dessus de lierre, et au-dessous, la terre feutrée d'herbe menue et délicate, sur laquelle étoit le petit enfant gisant. Là s'en couroit cette chèvre, de sorte que bien souvent on ne savoit ce qu'elle devenoit, et abandonnant son chevreau, se tenoit auprès de l'enfant. Pitié vint à Lamon du chevreau délaissé. Un jour il prend garde par où elle alloit; sur le chaud du midi, la suivant à la trace, il voit comme elle entroit sous le hallier doucement et passoit ses pattes tout beau par-dessus l'enfant, peur de lui faire mal; et l'enfant prenoit à belles mains son pis comme si c'eût été mamelle de nourrice. Surpris, ainsi qu'on peut penser, il approche, et trouve que c'étoit un petit garçon, beau, bien fait, et en plus riche maillot que convenir ne sembloit à tel abandon; car il étoit enveloppé d'un mantelet de pourpre avec une agrafe d'or; près de lui avoit un petit couteau à manche d'ivoire.

Si fut entre deux d'emporter ces enseignes de reconnoissance, sans autrement se soucier de l'enfant; puis,

13

ayant honte de ne se montrer du moins aussi humain que sa chèvre, quand la nuit fut venue il prend tout, et les joyaux, et l'enfant et la chèvre, qu'il conduisit à sa femme Myrtale, laquelle, ébahie, s'écria si à cette heure les chèvres faisoient de petits garçons. Et Lamon lui conta tout, comme il l'avoit trouvé gisant et la chèvre le nourrissant, et comment il avoit eu honte de le laisser périr. Elle fut bien d'avis que vraiment il ne l'avoit pas dû faire; et tous deux d'accord de l'élever, ils serrèrent ce qui s'étoit trouvé quant et lui, disant par-tout qu'il est à eux; et afin que le nom même sentît mieux son pasteur, l'appelèrent Daphnis.

A quelque deux ans de là, un berger des environs, qui avoit nom Dryas, vit une toute pareille chose et trouva semblable aventure. Un antre étoit en ce canton, qu'on appeloit l'antre des Nymphes, grande et grosse roche creuse par le dedans, toute ronde par le dehors, et dedans y avoit les figures des Nymphes, taillées de pierre, les pieds sans chaussures, les bras nus jusques aux épaules, les cheveux épars autour du col, ceintes sur les reins, toutes ayant le visage riant et la contenance telle comme si elles eussent ballé ensemble. Du milieu de la roche et du plus creux de l'antre sourdoit une fontaine, dont l'eau, qui s'épandoit en forme de bassin, nourrissoit là au devant une herbe fraîche et touffue, et s'écouloit à travers le beau pré verdoyant. On voyoit attachées au roc force seilles à traire le lait, force flûtes et chalumeaux, offrandes des anciens pasteurs.

En cette caverne une brebis, qui naguères avoit agnelé, alloit si souvent, que le berger la crut perdue plus d'une fois. La voulant châtier, afin qu'elle demeurât au troupeau, comme devant, à paître avec les autres, il coupe un scion de franc osier, dont il fit un collet en manière de lacs courant, et s'en venoit pour l'attraper au creux du rocher. Mais quand il y fut, il trouva autre chose: il voit la brebis donner son pis à un enfant, avec amour et douceur telles que mère autrement n'eût su faire; et l'enfant, de sa petite bouche belle et nette, pource que la brebis lui léchoit le visage après qu'étoit saoul de tetter, prenoit sans un seul cri puis l'un puis l'autre bout du pis, de grand appétit. Cet enfant étoit une fille, et avec elle aussi, pour marques à la pouvoir un jour connoître, on avoit laissé une coiffe de réseau d'or, des patins dorés et des chaussettes brodées d'or.

Dryas, estimant cette rencontre venir expressément des Dieux, et instruit à la pitié par l'exemple de sa brebis, enlève l'enfant dans ses bras, met les joyaux dans son bissac, non sans faire prière aux Nymphes qu'à bonne heure pût-il élever leur pauvre petite suppliante; puis, quand vint l'heure de remener son troupeau au tect, retournant au lieu de sa demeurance champêtre, conte à sa femme ce qu'il avoit vu, lui montre ce qu'il avoit trouvé, disant qu'elle ne feroit que bien si elle vouloit de là en avant tenir cet enfant pour sa fille, et comme sienne la nourrir, sans rien dire de telle aventure. Napé, c'étoit le nom de la bergère, Napé, de ce moment, fut mère à la petite créature, et tant l'aima qu'elle paroissoit proprement jalouse de surpasser en cela sa brebis, qui toujours l'allaitoit de son pis: et pour mieux faire croire qu'elle fût sienne, lui donna aussi un nom pastoral, la nommant Chloé.

Ces deux enfants en peu de temps devinrent grands, et d'une beauté qui sembloit autre que rustique. Et sur le point que l'un fut parvenu à l'âge de quinze ans, et l'autre de deux moins, Lamon et Dryas en une même nuit songèrent tous deux un tel songe: Il leur fut avis que les Nymphes, celles-là mêmes de l'antre où étoit cette fontaine, et où Dryas avoit trouvé la petite fille, livroient Daphnis et Chloé aux mains d'un jeune garçonnet fort vif et beau à merveille, qui avoit des ailes aux épaules, portoit un petit arc et de petites flèches, et, les ayant touchés tous deux d'une même flèche, commandoit à l'un paître de là en avant les chèvres, et à

15

l'autre les brebis. Telle vision aux bons pasteurs présageant le sort à venir de leurs nourrissons, bien leur fâchoit qu'ils fussent aussi destinés à garder les bêtes. Car jusque là ils avoient cru que les marques trouvées quant et eux leur promettoient meilleure fortune, et aussi les avoient élevés plus délicatement qu'on ne fait les enfants des bergers, leur faisant apprendre les lettres, et tout le bien et honneur qui se pouvoit en un lieu champêtre; si résolurent toutefois d'obéir aux Dieux touchant l'état de ceux qui par leur providence avoient été sauvés, et, après avoir communiqué leurs songes ensemble, et sacrifié en la caverne à ce jeune garçonnet qui avoit des ailés aux épaules (car ils n'en eussent su dire le nom), les envoyèrent aux champs, leur enseignant toutes choses que bergers doivent sçavoir, comment il faut faire paître les bêtes avant midi, et comment après que le chaud est passé; à quelle heure convient les mener boire, à quelle heure les ramener au tect; à quoi il est besoin user de la houlette, à quoi de la voix seulement. Eux prirent cette charge avec autant de joie comme si c'eût été quelque grande seigneurie, et aimoient leurs chèvres et brebis trop plus affectueusement que n'est la coutume des bergers, pour ce qu'elle se sentoit tenue de la vie à une brebis, et lui de sa part se souvenoit qu'une chèvre l'avoit nourri.

Or étoit-il lors environ le commencement du printemps, que toutes fleurs sont en vigueur, celles des bois, celles des prés, et celles des montagnes. Aussi jà commençoit à s'ouïr par les champs bourdonnement d'abeilles, gazouillement d'oiseaux, bêlement d'agneaux nouveau nés. Les troupeaux bondissoient sur les collines, les mouches à miel murmuraient par les prairies, les oiseaux faisoient résonner les buissons de leur chant. Toutes choses adonc faisant bien leur devoir de s'égayer à la saison nouvelle, eux aussi, tendres, jeunes d'âge, se mirent à imiter ce qu'ils entendoient et voyoient. Car entendant chanter les oiseaux, ils chantaient; voyant bondir les agneaux, ils sautoient à l'envi; et, comme les abeilles, alloient cueillant des fleurs, dont ils jetoient les unes dans leur sein, et des autres arrangeoient des chapelets pour les Nymphes; et toujours se tenoient ensemble, toute besogne faisoient en commun, paissant leurs troupeaux l'un près de l'autre. Souventes fois Daphnis alloit faire revenir les brebis de Chloé, qui s'étoient un peu loin écartées du troupeau; souvent Chloé retenoit les chèvres trop hardies voulant monter au plus haut des rochers droits et coupés; quelquefois l'un tout seul gardoit les deux troupeaux, pendant le temps que l'autre vaquoit à quelque jeu. Leurs jeux étoient jeux de bergers et d'enfants. Elle, s'en allant dès le matin cueillir quelque part du menu jonc, en faisoit une cage à cigale, et cependant ne se soucioit aucunement de son troupeau; lui d'autre côté, ayant coupé des roseaux, en pertuisoit les jointures, puis les colloit ensemble avec de la cire molle, et s'apprenoit à en jouer bien souvent jusques à la nuit. Quelquefois ils partageoient ensemble leur lait ou leur vin, et de tous vivres qu'ils avoient portés du logis se faisoient part l'un à l'autre. Bref, on eût plutôt vu les brebis dispersées paissant chacune à part, que l'un de l'autre séparés, Daphnis et Chloé.

Or, parmi tels jeux enfantins, Amour leur voulut donner du souci. En ces quartiers y avoit une louve, laquelle ayant naguères louveté, ravissoit des autres troupeaux de la proie à foison, dont elle nourrissoit ses louveteaux; et pour ce, gens assemblés des villages d'alentour faisoient la nuit des fosses d'une brasse de largeur et quatre de profondeur, et la terre qu'ils en tiraient, non toute, mais la plupart, l'épandoient au loin; puis étendant sur l'ouverture des verges longues et grêles, les couvraient en semant par-dessus le demeurant de la terre, afin que la place parût toute plaine et unie comme devant, en sorte que s'il n'eût passé par-dessus qu'un lièvre en courant, il eût rompu les verges, qui étoient, par manière de dire, plus foibles que brins de paille, et lors eût-on bien vu que ce n'étoit point terre ferme, mais une feinte seulement. Ayant fait plusieurs telles fosses en la montagne et en la plaine, ils ne purent prendre la louve, car elle sentit l'embûche, mais furent cause que plusieurs chèvres et brebis périrent, et presque Daphnis lui-même, par tel inconvénient:

Deux boucs s'échauffèrent de jalousie à cosser l'un contre l'autre, et si rudement se heurtèrent que la corne de l'un fut rompue; de quoi sentant grande douleur celui qui étoit écorné, se mit en bramant à fuir, et le victorieux à le poursuivre, sans le vouloir laisser en paix. Daphnis fut marri de voir ce bouc mutilé de sa corne; et, se courrouçant à l'autre, qui encore n'étoit content de l'avoir ainsi laidement accoutré, si prend en son poing sa houlette et s'en court après ce poursuivant. De le bouc fuyant les coups, et lui le poursuivant en courroux, guères ne regardoient devant eux; et tous deux tombèrent dans un de ces pièges, le bouc le premier et Daphnis après, ce qui l'engarda de se faire mal, pour ce que le bouc soutint sa chute. Or au fond de cette fosse, il attendoit si quelqu'un viendroit point l'en retirer et pleuroit. Chloé ayant de loin vu son accident, accourt, et voyant qu'il étoit en vie, s'en va vite appeler au secours un bouvier de là auprès. Le bouvier vint; il eût bien voulu avoir une corde à lui tendre, mais ils n'en trouvèrent brin. Par quoi Chloé, déliant le cordon qui entourait ses cheveux, le donne au bouvier, lequel en dévale un bout à Daphnis, et tenant l'autre avec Chloé, tant firent-ils eux deux en tirant de dessus le bord de la fosse, et lui en s'aidant et grimpant du mieux qu'il pouvoit, que finablement ils le mirent hors du piège. Puis retirant par le même moyen le bouc, dont les cornes en tombant s'étoient rompues toutes deux (tant le vaincu avoit été bien et promptement vengé), ils en firent don au bouvier pour sa récompense, et entre eux convinrent de dire au logis, si on le demandoit, que le loup l'avoit emporté.

Revenus ensuite à leurs troupeaux, les ayant trouvés qui paissoient tranquillement et en bon ordre, chèvres et brebis, ils s'assirent au pied d'un chêne et regardèrent si Daphnis étoit point quelque part blessé. Il n'y avoit en tout son corps trace de sang ni mal quelconque, mais bien de la terre et de la boue parmi ses cheveux et sur lui. Si délibéra de se laver, afin que Lamon et Myrtale ne s'aperçussent de rien. Venant donc avec Chloé à la caverne des Nymphes, il lui donna sa pannetière et son sayon à garder, et se mit au bord de la fontaine à laver ses cheveux et son corps.

Ses cheveux étoient noirs comme ébène, tombant sur son col bruni par le hâle; on eût dit que c'étoit leur ombre qui en obscurcissoit la teinte. Chloé le regardoit, et lors elle s'avisa que Daphnis étoit beau; et comme elle ne l'avoit point jusque-là trouvé beau, elle s'imagina que le bain lui donnoit cette beauté. Elle lui lava le dos et les épaules, et en le lavant sa peau lui sembla si fine et si douce, que plus d'une fois, sans qu'il en vît rien, elle se toucha elle-même, doutant à part soi qui des deux avoit le corps plus délicat. Comme il se faisoit tard pour lors, étant déjà le soleil bien bas, ils ramenèrent leurs bêtes aux étables, et de là en avant Chloé n'eut plus autre chose en l'idée que de revoir Daphnis se baigner. Quand ils furent le lendemain de retour au pâturage, Daphnis, assis sous le chêne à son ordinaire, jouoit de la flûte et regardoit ses chèvres couchées, qui sembloient prendre plaisir à si douce mélodie. Chloé pareillement, assise auprès de lui, voyoit paître ses brebis; mais plus souvent elle avoit les yeux sur Daphnis jouant de la flûte, et alors aussi elle le trouvoit beau; et pensant que ce fût la musique qui le faisoit paraître ainsi, elle prenoit la flûte après lui, pour voir d'être belle comme lui. Enfin, elle voulut qu'il se baignât encore, et pendant qu'il se baignoit elle le voyoit tout nu, et le voyant elle ne se pouvoit tenir de le toucher; puis le soir, retournant au logis, elle pensoit à Daphnis nu, et ce penser-là étoit commencement d'amour. Bientôt elle n'eut plus souci ni souvenir de rien que de Daphnis, et de rien ne parloit que de lui. Ce qu'elle éprouvoit, elle n'eût su dire ce que c'étoit, simple fille nourrie aux champs, et n'ayant ouï en sa vie le nom seulement d'amour. Son âme étoit oppressée; malgré elle bien souvent ses yeux s'emplissoient de larmes. Elle passoit les jours sans prendre de nourriture, les nuits sans trouver de sommeil: elle rioit et puis pleurait; elle s'endormoit et aussitôt se réveilloit en sursaut; elle pâlissoit et au même instant son visage se colorait de feu. La génisse piquée du taon n'est point si follement agitée. De fois à autre elle tomboit en une sorte de rêverie, et toute seulette discourait ainsi: «A cette heure je suis malade, et ne sais quel est mon mal. Je souffre, et n'ai point de blessure. Je m'afflige, et si n'ai perdu pas une de mes brebis. Je brûle, assise sous une ombre si épaisse. Combien de fois les ronces m'ont égratignée, et je ne pleurois pas! Combien d'abeilles m'ont piquée de leur aiguillon, et j'en étois bientôt guérie! Il faut donc dire que ce qui m'atteint au cœur cette fois est plus poignant que tout cela. De vrai, Daphnis est beau, mais il ne l'est pas seul. Ses joues sont vermeilles, aussi sont les fleurs; il chante, aussi font les oiseaux; pourtant quand j'ai vu les fleurs ou entendu les oiseaux, je n'y pense plus après. Ah! que ne suis-je sa flûte, pour toucher ses lèvres! que ne suis-je son petit chevreau, pour qu'il me prenne dans ses bras! O méchante fontaine qui l'as rendu si beau, ne peux-tu m'embellir aussi? O Nymphes! vous me laissez mourir, moi que vous avez vue naître et vivre ici parmi vous! Qui après moi vous fera des guirlandes et des bouquets, et qui aura soin de mes pauvres agneaux, et de toi aussi, ma jolie cigale, que j'ai eu tant de peine à prendre? Hélas! que te sert maintenant de chanter au chaud du midi? Ta voix ne peut plus m'endormir sous les voûtes de

20

ces antres; Daphnis m'a ravi le sommeil.» Ainsi disoit et soupiroit la dolente jouvencelle, cherchant en soi-même que c'étoit d'amour, dont elle sentoit les feux, et si n'en pouvoit trouver le nom.

Mais Dorcon, ce bouvier qui avoit retiré de la fosse Daphnis et le bouc, jeune gars à qui le premier poil commençoit à poindre, étant jà dès cette rencontre féru de l'amour de Chloé, se passionnoit de jour en jour plus vivement pour elle, et, tenant peu de compte de Daphnis, qui lui sembloit un enfant, fit dessein de tout tenter, ou par présents, ou par ruse, ou à l'aventure par force, pour avoir contentement, instruit qu'il étoit, lui, du nom et aussi des œuvres d'amour. Ses présents furent d'abord, à Daphnis une belle flûte ayant ses cannes unies avec du laiton au lieu de cire, à la fillette une peau de faon toute marquetés de taches blanches, pour s'en couvrir les épaules. Puis croyant par de tels dons s'être fait ami de l'un et de l'autre, bientôt il négligea Daphnis; mais à Chloé chaque jour il apportoit quelque chose. C'étoient tantôt fromages gras, tantôt fruits, en maturité, tantôt chapelets de fleurs nouvelles, ou bien des oiseaux qu'il prenoit au nid; même une fois il lui donna un gobelet doré sur les bords, et une autre fois un petit veau qu'il lui porta de la montagne. Elle, simple et sans défiance, ignorant que tous ces dons fussent amorce amoureuse, les prenoit bien volontiers, et en montroit grand plaisir; mais son plaisir étoit moins d'avoir que donner à Daphnis.

Et un jour Daphnis (car si falloit-il qu'il connût aussi la détressse d'amour) prit querelle avec Dorcon. Ils contestoient de leur beauté, devant Chloé, qui les jugea, et un baiser de Chloé fut le prix destiné au vainqueur; là où Dorcon le premier parla: «Moi, dit-il, je suis plus grand que lui. Je garde les bœufs, lui les chèvres; or, autant les bœufs valent mieux que les chèvres, d'autant vaut mieux le bouvier que le chevrier. Je suis blanc comme le lait, blond comme gerbe à la moisson, frais comme la feuillée au printemps. Aussi est-ce ma mère, et non pas quelque bête, qui m'a nourri enfant. Il est petit, lui, chétif, n'ayant de barbe non plus qu'une femme, le corps noir comme peau de loup. Il vit avec les boucs, ce n'est pas pour sentir bon. Et puis, chevrier, pauvre hère, il n'a pas vaillant tant seulement de quoi nourrir un chien. On dit qu'il a tété une chèvre; je le crois, ma fy, et n'est pas merveille si, nourrisson de bique, il a l'air d'un biquet.»

Ainsi dit Dorcon; et Daphnis: «Oui, une chèvre m'a nourri de même que Jupiter, et je garde les chèvres, et les rends meilleures que ne seront jamais les vaches de celui-ci. Je mène paître les boucs, et si n'ai rien de leur senteur, non plus que Pan, qui toutefois a plus de bouc en soi que d'autre nature. Pour vivre je me contente de lait, de fromage, de pain bis, et de vin clairet, qui sont mets et boissons de pâtres comme nous, et les partageant avec toi, Chloé, il ne me soucie de ce que mangent les riches. Je n'ai point de barbe, ni Bacchus non plus; je suis brun: l'hyacinthe est noire, et si vaut mieux pourtant Bacchus que les Satyres, et préfère-t-on l'hyacinthe au lis. Celui-là est roux comme un renard, blanc comme une fille de la ville, et le voilà tantôt barbu comme un bouc. Si c'est moi que tu baises, Chloé, tu baiseras ma bouche; si c'est lui, tu baiseras ces poils qui lui viennent aux lèvres. Qu'il te souvienne, pastourelle, qu'à toi aussi une brebis t'a donné son lait, et cependant tu es belle.» A ce mot, Chloé ne put le laisser achever: mais, en partie pour le plaisir qu'elle eut de s'entendre louer, et aussi que de long-temps elle avoit envie de le baiser, sautant en pieds, d'une gentille et toute naïve façon, elle lui donna le prix. Ce fut bien un baiser innocent et sans art; toutefois c'étoit assez pour enflammer un cœur dans ses jeunes années.

Dorcon, se voyant vaincu, s'enfuit dans le bois pour cacher sa honte et son déplaisir, et depuis cherchoit autre voie à pouvoir jouir de ses amours. Pour Daphnis, il étoit comme s'il eût reçu non pas un baiser de Chloé, mais une piqûre envenimée. Il devint triste: en un moment, il soupiroit, il frissonnoit, le cœur lui battoit, il pâlissoit quand il regardoit la Chloé, puis tout à coup une rougeur lui couvroit le visage. Pour la première fois alors il admira le blond de ses cheveux, la douceur de ses yeux et la fraîcheur d'un teint plus blanc que la jonchée du lait de ses brebis. On eût dit que de cette heure il commençoit à voir et qu'il avoit été aveugle jusque-là. Il ne prenoit plus de nourriture que comme pour en goûter, de boisson seulement que pour mouiller ses lèvres. Il étoit pensif, muet, lui auparavant plus babillard que les cigales; il restoit assis, immobile, lui qui avoit accoutumé de sauter plus que ses chevreaux. Son troupeau étoit oublié, sa flûte par terre abandonnée; il baissoit la tête comme une fleur qui se penche sur sa tige; il se consumoit, il séchoit comme les herbes au temps chaud, n'ayant plus de joie, plus de babil, fors qu'il parlât à elle ou d'elle. S'il se trouvoit seul aucune fois, il alloit devisant en lui-même: «Dea, que me fait donc le baiser de Chloé? Ses lèvres sont plus tendres que roses, sa bouche plus douce qu'une gauffre à miel, et son baiser est plus amer que la piqûre d'une abeille. J'ai bien baisé souvent mes chevreaux; j'ai baisé de ses agneaux à elle, qui ne faisoient encore que naître, et aussi ce petit veau que lui a donné Dorcon; mais ce baiser ici est tout autre chose. Le pouls m'en bat; le cœur m'en tressaut; mon âme en languit, et pourtant je désire la baiser derechef. O mauvaise victoire! O étrange mal dont je ne saurois dire le nom! Chloé avoit-elle goûté de quelque poison avant que de me baiser? Mais comment n'en est-elle point morte? Oh! comme les arondelles chantent, et ma flûte ne dit mot! Comme les chevreaux sautent, et je suis assis! Comme toutes fleurs sont en vigueur, et je n'en fais point de bouquets ni de chapelets! La violette, et le muguet fleurissent, Daphnis se fane; Dorcon à la fin paroîtra plus

23

beau que moi.» Voilà comment se passionnoit le pauvre Daphnis, et les paroles qu'il disoit, comme celui qui lors premier expérimentoit les étincelles d'amour.

Mais Dorcon, ce gars, ce bouvier amoureux aussi de Chloé, prenant le moment que Dryas plantoit un arbre pour soutenir quelque vigne, comme il le connoissoit déjà, d'alors que lui Dryas gardoit les bêtes aux champs, le vient trouver avec de beaux fromages gras, et d'abord il lui donna ses fromages; puis, commençant à entrer en propos par leur ancienne connoissance, fit tant qu'il tomba sur les termes du mariage de Chloé, disant qu'il la veut prendre à femme, lui promet pour lui de beaux présents, comme bouvier ayant de quoi. Il lui vouloit donner, dit-il, un couple de bœufs de labour, quatre ruches d'abeilles, cinquante pieds de pommiers, un cuir de bœuf à semeler souliers, et par chacun an un veau tout prêt à sevrer; tellement que touché de son amitié, alléché par ses promesses, Dryas lui cuida presque accorder le mariage. Mais songeant puis après que la fille étoit née pour bien plus grand parti, et craignant qu'un jour, si elle venoit à être reconnue, et ses parents à savoir que pour la friandise de tels dons il l'eût mariée en si bas lieu, on ne lui en voulût mal de mort, il refusa toutes ses offres, et l'éconduisit en le priant de lui pardonner.

Par ainsi, Dorcon, se voyant pour la deuxième fois frustré de son espérance, et encore qu'il avoit pour néant perdu ses bons fromages gras, délibéra, puisqu'autrement ne pouvoit, la première fois qu'il la trouverait seule à seul, mettre la main sur Chloé. Pour à quoi parvenir, s'étant avisé qu'ils menoient l'un après l'autre boire leurs bêtes, Chloé un jour, et Daphnis l'autre, il usa d'une finesse de jeune pâtre qu'il étoit. Il prend la peau d'un grand loup qu'un sien taureau, en combattant pour la défense des vaches, avoit tué avec ses cornes, et se l'étend sur le dos, si bien que les jambes de devant lui couvraient les bras et les mains, celles de derrière lui pendoient sur les cuisses jusqu'aux talons, et la hure le coiffoit en la forme même et manière du cabasset d'un homme de guerre. S'étant ainsi fait loup tout au mieux qu'il pouvoit, il s'en vient droit à la fontaine où buvaient chèvres et brebis après qu'elles avoient pâturé. Or étoit cette fontaine en une vallée assez creuse, et toute la place à l'entour pleine de ronces et d'épines, de chardons et bas genevriers, tellement qu'un vrai loup s'y fût bien aisément caché. Dorcon se musse là dedans entre ces épines, attendant l'heure que les bêtes vinssent boire, et avoit bonne espérance qu'il effrayeroit Chloé sous cette forme de loup, et la saisiroit au corps pour en faire à son plaisir.

Tantôt après elle arriva. Elle amenoit boire les deux troupeaux, ayant laissé Daphnis coupant de la plus tendre ramée verte pour ses chevreaux après pâture. Les chiens qui leur aidoient à la garde des bêtes suivoient; et comme naturellement ils chassent mettant le nez par-tout, ils sentirent Dorcon se remuer voulant assaillir la fillette: si se prennent à aboyer, se ruent sur lui comme sur un loup, et l'environnant qu'il n'osoit encore, tant il avoit de peur, se dresser tout-à-fait sur ses pieds, mordent en furie la peau de loup, et tiraient à belles dents. Lui, d'abord honteux d'être reconnu, et défendu quelque temps de cette peau qui le couvrait, se tenoit tapi contre terre dans le hallier, sans dire mot; mais quand Chloé, apercevant au travers de ces broussailles oreille droite et poil de bête, appela toute épouvantée Daphnis au secours, et que les chiens, lui ayant arraché sa peau de loup, commencèrent à le mordre lui-même à bon escient, lors il se prit à crier si haut qu'il put, priant Chloé et Daphnis, qui jà étoit accouru, de lui vouloir être en aide; ce qu'ils firent, et avec, leur sifflement accoutumé, eurent incontinent apaisé les chiens; puis amenèrent à la fontaine le malheureux Dorcon, qui avoit été mors et aux cuisses et aux épaules, lui lavèrent ses blessures

25

où les dents l'avoient atteint, et puis lui mirent dessus de l'écorce d'orme mâchée, étant tous deux si peu rusés et si peu expérimenté aux hardies entreprises d'amour, qu'ils estimèrent que cette embûche de Dorcon avec sa peau de loup ne fût que jeu seulement, au moyen de quoi ils ne se courroucèrent point à lui, mais le reconfortèrent et le reconvoyèrent quelque espace de chemin, en le menant par la main; et lui, qui avoit été en si grand danger de sa personne, et que l'on avoit recous de la gueule, non du loup, comme il se dit communément, mais des chiens, s'en alla panser les morsures qu'il avoit par tout le corps.

Daphnis et Chloé cependant, jusques à nuit close, travaillèrent après leurs chèvres et brebis, qui, effrayées de la peau de loup, effarouchées d'ouïr si fort aboyer les chiens, fuyoient les unes à la cime des plus hauts rochers, les autres au plus bas des plages de la mer, toutes au demeurant bien apprises de venir, à la voix de leurs pasteurs, se ranger au son du flageolet, s'amasser ensemble en oyant seulement battre des mains; mais la peur leur avoit alors fait tout oublier; et après les avoir suivies à la trace comme des lièvres, et à grand'peine retrouvées, les ramenèrent toutes au tect; puis s'en allèrent aussi reposer; là où ils dormirent cette seule nuit de bon sommeil. Car le travail qu'ils avoient pris leur fut un remède pour l'heure au mésaise d'amour: mais revenant le jour, ils eurent même passion qu'auparavant, joie à se revoir, peine à se quitter; ils souffroient, ils vouloient quelque chose, et ne savoient ce qu'ils vouloient. Cela seulement savoient-ils bien, l'un que son mal étoit venu d'un baiser, l'autre, d'un baigner.

Mais plus encore les enflammoit la saison de l'année. Il étoit jà environ la fin du printemps et commencement de l'été, toutes choses en vigueur; et déjà montroient les arbres leurs fruits, les blés leurs épis; et aussi étoit la voix des cigales plaisante à ouïr, tout gracieux le bêlement des brebis, la richesse des champs admirable à voir, l'air tout embaumé soève à respirer; les fleuves paroissoient endormis, coulant lentement et sans bruit; les vents sembloient orgues ou flûtes, tant ils soupiraient doucement à travers les branches des pins. On eût dit que les pommes d'elles-mêmes se laissoient tomber enamourées, que le soleil amant de beauté faisoit chacun dépouiller. Daphnis, de toutes parts échauffé, se jetoit dans les rivières, et tantôt se lavoit, tantôt s'ébattoit à vouloir saisir les poissons, qui glissant dans l'onde se perdoient sous sa main; et souvent buvoit, comme si avec l'eau il eût dû éteindre le feu qui le brûloit. Chloé, après avoir trait toutes ses brebis, et la plupart aussi des chèvres de Daphnis, demeuroit long-temps empêchée à faire prendre le lait et à chasser les mouches, qui fort la molestoient, et les chassant la piquoient; cela fait, elle se lavoit le visage, et, couronnée des plus tendres branchettes de pin, ceinte de la peau de faon, elle emplissoit une sébile de vin mêlé avec du lait, pour boire avec Daphnis.

Puis quand ce venoit sur le midi, adonc étoient-ils tous deux plus ardemment épris que jamais, pource que Chloé, voyant en Daphnis entièrement nu une beauté de tout point accomplie, se fondoit et périssoit d'amour, considérant qu'il n'y avoit en toute sa personne chose quelconque à redire; et lui, la voyant, avec cette peau de faon et cette couronne de pin, lui tendre à boire dans sa sébile, pensoit voir une des Nymphes mêmes qui étoient dans la caverne; si accouroit incontinent, et lui ôtant sa couronne qu'il baisoit d'abord, se la mettoit sur la tête, et elle, pendant qu'il se baignoit tout nu, prenoit sa robe et se la vêtissoit, la baisant aussi premièrement. Tantôt ils s'entre-jetoient des pommes, tantôt ils aornoient leurs têtes et tressoient leurs cheveux l'un à l'autre, disant Chloé que les cheveux de Daphnis ressembloient aux grains de myrte, pource qu'ils étoient noirs, et Daphnis accomparant le visage de Chloé à une belle pomme, pource qu'il étoit blanc et vermeil. Aucune fois il lui apprenoit à jouer de la flûte, et quand elle commençoit à souffler dedans, il la lui ôtoit; puis il en parcouroit des lèvres tous les tuyaux d'un bout à l'autre, faisant ainsi semblant de lui vouloir montrer où elle avoit failli, afin de la baiser à demi, en baisant la flûte aux endroits que quittoit sa bouche.

Ainsi comme il étoit après à en sonner joyeusement sur la chaleur de midi, pendant que leurs troupeaux étoient tapis à l'ombre, Chloé ne se donna garde qu'elle fut endormie: ce que Daphnis apercevant, pose sa flûte pour à son aise la regarder et contempler, n'ayant alors nulle honte, et disoit à part soi ces paroles tout bas: «Oh! comme dorment ses yeux! Comme sa bouche respire! Pommes ni aubépines fleuries n'exhalent un air si doux. Je ne l'ose baiser toutefois; son baiser pique au cœur, et fait devenir fou, comme le miel nouveau. Puis, j'ai peur de l'éveiller. O fâcheuses cigales! Elles ne la laisseront jà dormir, si haut elles crient. Et d'autre côté ces boucquins ici ne cesseront aujourd'hui de s'entre-heurter avec leurs cornes. O loups, plus couards que renards, où êtes-vous à cette heure, que vous ne les venez happer?»

Ainsi qu'il étoit en ces termes, une cigale poursuivie par une arondelle se vint jeter d'aventure dedans le sein de Chloé; pourquoi l'arondelle ne la put prendre, ni ne put aussi retenir son vol, qu'elle ne s'abattit jusqu'à toucher de l'aile le visage de Chloé, dont elle s'éveilla en sursaut, et ne sachant que c'étoit, s'écria bien haut: mais quand elle eut vu l'arondelle voletant encore autour d'elle, et Daphnis riant de sa peur, elle s'assura, et frottoit ses yeux qui avoient encore envie de dormir; et lors la cigale se prend à chanter entre les tetins mêmes de la gente pastourelle, comme si dans cet asile elle lui eût voulu rendre grâce de son salut, dont Chloé, de nouveau surprise, s'écria encore plus fort, et Daphnis de rire; et usant de cette occasion, il lui mit la main bien avant dans le sein, d'où il retira la gentille cigale, qui ne se pouvoit jamais taire, quoiqu'il la tînt dans la main. Chloé fut bien aise de la voir, et l'ayant baisée, la remit chantant toujours dans son sein.

Une autre fois ils entendirent du bois prochain un ramier, au roucoulement duquel Chloé ayant pris plaisir, demanda à Daphnis que c'étoit qu'il disoit, et Daphnis lui fit le conte qu'on en fait communément. «Ma mie, dit-il, au temps passé y avoit une fille belle et jolie, en fleur d'âge comme toi. Elle gardoit les vaches et chantoit plaisamment; et, tant ses vaches aimoient son chant, elle les gouvernoit de la voix seulement; jamais ne donnoit coup de houlette ni piqûre d'aiguillon; mais, assise à l'ombre de quelque beau pin, la tête couronnée de feuillage, elle chantoit Pan et Pitys; dont ses vaches étoient si aises qu'elles ne s'éloignoient point d'elle. Or y avoit-il non guère loin de là un jeune garçon qui gardoit les bœufs, beau lui-même, chantant bien aussi, lequel étrivoit à chanter à l'encontre d'elle, d'un chant plus fort, comme étant mâle, et aussi doux, comme étant jeune; tellement qu'il attire à travers le bocage et emmène avec soi huit des plus belles vaches qu'elle eût en son troupeau. La pauvrette adonc déplaisante autant de son troupeau diminué comme d'avoir été vaincue au chanter, demandoit aux Dieux d'être oiseau avant que retourner ainsi à la maison. Les Dieux accomplirent son désir, et en firent un oiseau de montagne, qui aime toujours à chanter comme quand elle étoit fille, et encore aujourd'hui se plaint de sa déconvenue, et va disant qu'elle cherche ses vaches égarées.»

Tels étoient les plaisirs que l'été leur donnoit. Mais la saison d'automne venue, au temps que la grappe est pleine, certains corsaires de Tyr s'étant mis sur une fûte du pays de Carie, afin qu'on ne pensât que ce fussent barbares, vinrent aborder en cette côte, et, descendant à terre armés de corselets et d'épées, pillèrent ce qu'ils purent trouver, comme

29

vin odorant, force grain, miel en rayons, et même emmenèrent quelques bœufs et vaches de Dorcon. Or en courant çà et là, ils rencontrèrent de _male_ aventure Daphnis qui s'alloit ébattant le long du rivage de la mer, seul; car Chloé, comme simple fille, crainte des autres pasteurs, qui eussent pu en folâtrant lui faire quelque déplaisir, ne sortoit si matin du logis, et ne menoit qu'à _haute heure_ paître les brebis de Dryas. Eux voyant ce jeune garçon grand et beau, et de plus de valeur que ce qu'ils eussent pu davantage ravir par les champs, ne s'amusèrent plus ni à poursuivre les chèvres, ni à chercher à dérober autre chose de ces campagnes, mais l'entraînèrent dans leur fûte, pleurant et ne sachant que faire, sinon qu'il appeloit à haute voix Chloé tant qu'il pouvoit crier.

Or ne faisoient-ils guère que remonter en leur esquif et mettre les mains aux rames, quand Chloé vint, qui apportoit une flûte neuve à Daphnis. Mais voyant çà et là les chèvres dispersées, et entendant sa voix, qui l'appeloit toujours de plus fort en plus fort, elle jette la flûte, laisse là son troupeau, et s'en va courant vers Dorcon, pour le faire venir au secours. Elle le trouva étendu par terre, tout taillé de grands coups d'épée que lui avoient donnés les brigands, et à peine respirant encore, tant il avoit perdu de sang; mais lorsqu'il entrevit Chloé, le souvenir de son amour le ranimant quelque peu: «Chloé, ma mie, lui dit-il, je m'en vas tout-à-l'heure mourir. J'ai voulu défendre mes bœufs, ces méchants larrons de corsaires m'ont _navré_ comme tu vois. Mais toi, Chloé, sauve Daphnis; venge-moi; fais-les périr. J'ai accoutumé mes vaches à suivre le son de ma flûte, et de si loin qu'elles soient, venir à moi dès qu'elles en entendent l'appel. Prends-la, va au bord de la mer, joue cet air que j'appris à Daphnis et qu'il t'a montré. Au demeurant laisse faire ma flûte et mes bœufs sur le vaisseau. Je te la donne, cette flûte, de laquelle j'ai gagné le prix contre tant de bergers et bouviers; et pour cela, seulement, je te prie, baise-moi avant que je meure, pleure-moi quand je serai mort, et à tout le moins, lorsque tu verras vacher gardant ses bêtes aux champs, aie souvenance de moi.»

Dorcon, achevant ces paroles et recevant d'elle un dernier baiser, laissa sur ses lèvres, avec le baiser, la voix et la vie en même temps. Chloé prit la flûte, la mit à sa bouche, et sonnant si haut qu'elle pouvoit, les vaches qui l'entendent reconnoissent aussitôt le son de la flûte et la note de la chanson, et toutes d'une secousse se jettent en meuglant dans la mer; et comme elles prirent leur élan toutes du même bord, et que par leur chute la mer s'entrouvrit, l'esquif renversé, l'eau se refermant, tout fut submergé. Les gens plongés en la mer revinrent bientôt sur l'eau, mais non pas tous avec même espérance de salut. Car les brigands avoient leurs épées au côté; leurs corselets au dos, leurs bottines à mi-jambe, tandis que Daphnis étoit tout déchaux, comme celui qui ne menoit ses chèvres que dans la plaine, et quasi nu au demeurant, car il faisoit encore chaud. Eux donc, après avoir duré quelques temps à nager, furent tirés à fond et noyés par la pesanteur de leurs armes; mais Daphnis eut bientôt quitté si peu de vêtements qu'il portoit, et encore se lassoit-il à force, n'ayant coutume que nager dans les rivières. Nécessité toutefois lui montra ce qu'il devoit faire. Il se mit entre deux vaches, et se prenant à leurs cornes avec les deux mains, fut par elles porté sans peine quelconque, aussi à son aise comme s'il eût conduit un chariot. Car le bœuf nage beaucoup mieux et plus long-temps que ne fait l'homme, et n'est animal au monde qui en cela le surpasse, si ce ne sont oiseaux aquatiques, ou bien encore poissons; tellement que jamais bœuf ni vache ne se noyeroient, si la corne de leurs pieds ne s'amollissoit dans l'eau, de quoi font foi plusieurs détroits en la mer, qui jusques aujourd'hui sont appelés Bosphores, c'est-à-dire trajets ou passages de bœufs.

31

Voilà comment, se sauva Daphnis, et contre toute espérance échappant deux grands dangers, ne fut ni pris ni noyé. Venu à terre là où étoit Chloé sur la rive, qui pleuroit et rioit tout ensemble, il se jette dans ses bras, lui demandant pourquoi elle jouoit ainsi de la flûte; et Chloé lui conta tout: qu'elle avoit été pour appeler Dorcon, que ses vaches étoient apprises à venir au son de la flûte, qu'il lui avoit dit d'en jouer, et qu'il étoit mort. Seulement oublia-t-elle, ou possible ne voulut dire qu'elle l'eût baisé.

Adonc tous deux délibérèrent d'honorer la mémoire de celui qui leur avoit fait tant de bien, et s'en allèrent, avec ses parents et amis, ensevelir le corps du malheureux Dorcon, sur lequel ils jetèrent force terre, plantèrent à l'entour des arbres stériles, y pendirent chacun quelque chose de ce qu'il recueilloit aux champs, versèrent du lait sur sa tombe, y épreignirent des grappes, y brisèrent des flûtes. On ouït ses vaches mugir et bramer piteusement; on les vit çà et là courir comme bêtes égarées; ce que ces pâtres et bouviers déclarèrent être le deuil que les pauvres bêtes menoient du trépas de leur maître.

Finies en cette manière les obsèques de Dorcon, Chloé conduisit Daphnis à la caverne des Nymphes, où elle le lava, et lors elle-même pour la première fois en présence de Daphnis lava aussi son beau corps blanc et poli, qui n'avoit que faire de bain pour paroître beau; puis cueillant ensemble des fleurs que portoit la saison, en firent des couronnes aux images des Nymphes, et contre la roche attachèrent la flûte de Dorcon pour offrande. Cela fait ils retournèrent vers leurs chèvres et brebis, lesquelles ils trouvèrent toutes tapies contre terre, sans paître ni bêler, pour l'ennui et regret qu'elles avoient, ainsi qu'on peut croire, de ne voir plus Daphnis ni Chloé. Mais sitôt qu'elles les aperçurent, et qu'eux se mirent à les appeler comme de coutume et à leur jouer du flageolet, elles se levèrent incontinent, et se prirent les brebis à paître, et les chèvres à sauteler en bêlant, comme pour fêter le retour de leur chevrier.

Mais quoi qu'il y eût, Daphnis ne se pouvoit éjouir à bon escient depuis qu'il eut vu Chloé nue, et sa beauté à découvert, qu'il n'avoit point encore vue. Il s'en sentoit le cœur malade ne plus ne moins que d'un venin qui l'eût en secret consumé. Son souffle aucune fois étoit fort et hâté, comme quelque ennemi l'eût poursuivi prêt à l'atteindre; d'autres fois foible et débile, comme d'un à qui manquent tout à coup la force et l'haleine, et lui sembloit le bain de Chloé plus redoutable que la mer dont il étoit échappé. Bref, il lui étoit avis que son âme fût toujours entre les brigands, tant il avoit de peine, jeune garçon nourri aux champs, qui ne savoit encore que c'est du brigandage d'amour.

LIVRE SECOND.

Étant jà l'automne en sa force et le temps des vendanges venu, chacun aux champs étoit en besogne à faire ses apprêts; les uns racoutroient les pressoirs, les autres nettoyoient les jarres; ceux-ci émouloient leurs serpettes, ceux-là se tissoient des paniers; aucuns mettoient à point la meule à pressurer les raisins écrasés, d'autres apprêtoient l'osier sec dont on avoit ôté l'écorce à force de le battre, pour en faire flambeaux à tirer le moût pendant la nuit; et à cette cause Daphnis et Chloé, cessant pour quelques jours de mener leurs bêtes aux champs, prétoient aussi à tels travaux l'œuvre et labeur de leurs mains. Il portoit, lui, la vendange dedans une hotte et la fouloit en la cuve, puis aidoit à remplir les jarres; elle, d'autre côté, préparait à manger aux vendangeurs, et leur versoit du vin de l'année précédente; puis elle se mettoit à vendanger aussi les plus basses branches des vignes où elle pouvoit avenir. Car les vignes de Lesbos sont basses pour la plupart, au moins non élevées sur arbres fort hauts, et les branches en pendent jusque contre terre, s'étendant çà et là comme lierre, si qu'un enfant hors du maillot, par manière de dire, atteindrait aux grappes.

Et comme la coutume est en telle fête de Bacchus, à la naissance du vin, on avoit appelé des champs de là entour bon nombre de femmes pour aider, lesquelles jetoient toutes les yeux sur Daphnis, et en le louant disoient qu'il étoit aussi beau que Bacchus; et y en eut une d'elles, plus éveillée que les autres, qui le baisa, dont il fut bien aise; mais non Chloé, qui en avoit de la jalousie. Les hommes, d'autre part, dans les cuves et pressoirs, jetoient à Chloé plusieurs paroles à la traverse, et en la voyant trépignoient comme des Satyres à la vue de quelque Bacchante, disant que de bon cœur ils deviendroient moutons, pour être menés et gardés par telle bergère; à quoi Chloé prenoit plaisir; mais Daphnis en avoit de l'ennui. Tellement que l'un et l'autre souhaitoient que les vendanges fussent bientôt finies, pour pouvoir retourner aux champs en la manière accoutumée, et, au lieu du bruit et des cris de ces vendangeurs, entendre le son de la flûte ou le bêlement des troupeaux.

En peu de jours tout fut achevé, le raisin cueilli, la vendange foulée, le vin dans les jarres, si qu'il ne fut plus besoin d'en empêcher tant de gens; au moyen de quoi ils recommencèrent à mener leurs bêtes aux champs comme devant, et, portant aux Nymphes des grappes pendantes encore au sarment pour prémices de la vendange, les vinrent en grande joie honorer, et saluer, de quoi faire ils n'avoient par le passé jamais été paresseux. Car, et le matin, dès que leurs troupeaux commençoient à paître, ils les venoient d'abord saluer, et le soir, retournant de pâture, les alloient derechef adorer; et jamais n'y alloient qu'ils ne leur portassent quelque offrande, tantôt des fleurs, tantôt des fruits, une fois de la ramée verte, et une autre fois quelque libation de lait; dont puis après ils reçurent des déesses bien ample récompense. Mais pour lors ils folâtraient comme deux jeunes levrons, ils sautoient, ils flûtoient ensemble, ils chantoient, luttoient bras à bras l'un contre l'autre, à l'envi de leurs béliers et bouquins.

Et ainsi comme ils s'ébattoient, survint un vieillard portant grosse cape de poil de chèvre, des sabots en ses pieds, panetière à son col, vieille aussi la panetière. Se séant auprès d'eux, il se prit à leur dire: «Le bon homme Philétas, enfants, c'est moi, qui jadis ai chanté maintes chansons à ces Nymphes, maintefois ai joué de la flûte à ce Dieu Pan que voici, grand troupeau de bœufs gouvernois avec la seule musique, et m'en viens vers vous à cette heure, vous déclarer ce que j'ai vu et annoncer ce que j'ai ouï.

Un jardin est à moi, ouvrage de mes mains, que j'ai planté

moi-même, affié, accoutré, depuis le temps que, pour ma vieillesse, je ne mène plus les bêtes aux champs. Toujours y a dans ce jardin tout ce qu'on y sauroit souhaiter selon la saison; au printemps, des roses, des lis, des violettes simples et doubles; en été, du pavot, des poires, des pommes de plusieurs espèces; maintenant qu'il est automne, du raisin, des figues, des grenades, des myrtes verts; et y viennent chaque matin à grandes volées toutes sortes d'oiseaux, les uns pour y trouver à repaître, les autres pour y chanter; car il est couvert d'ombrage, arrosé de trois fontaines, et si épais planté d'arbres, que qui en ôteroit la muraille qui le clôt, on diroit à le voir que ce seroit un bois.

Aujourd'hui environ midi, j'y ai vu un jeune garçonnet sous mes myrtes et grenadiers, qui tenoit en ses mains des grenades et des grains de myrte, blanc comme lait, rouge comme feu, poli et net comme ne venant que d'être lavé. Il étoit nu, il étoit seul, et se jouoit à cueillir de mes fruits comme si le verger eût été sien. Si m'en suis couru pour le tenir, crainte, comme il étoit frétillant et remuant, qu'il ne me rompît quelque arbuste; mais il m'est légèrement échappé des mains, tantôt se coulant entre les rosiers, tantôt se cachant sous les pavots, comme feroit un petit perdreau. J'ai autrefois eu bien affaire à courir après quelques chevreaux de lait, et souvent ai travaillé voulant attraper de jeunes veaux qui sautoient autour de leur mère; mais ceci est toute autre chose, et n'est pas possible au monde de le prendre. Par quoi, me trouvant bientôt las, comme vieux et ancien que je suis, et m'appuyant sur mon bâton, en prenant garde qu'il ne s'enfuît, je lui ai demandé à qui il étoit de nos voisins, et à quelle occasion il venoit ainsi cueillir les fruits du jardin d'autrui. Il ne m'a rien répondu, mais, s'approchant de moi, s'est pris à me sourire fort délicatement, en me jetant des grains de myrte, ce qui m'a, ne sais comment, amolli et attendri le cœur, de sorte que je n'ai plus su me courroucer à lui. Si l'ai prié de s'en venir à moi sans rien craindre, jurant par mes myrtes que je le laisserois aller quand il voudrait, avec des pommes et des grenades que je lui donnerois, et lui souffrirois prendre des fruits de mes arbres, et cueillir de mes fleurs autant comme il voudrait, pourvu qu'il me donnât un baiser seulement.

Et adonc se prenant à rire avec une chère gaie, et bonne et gentille grâce, m'a jeté une voix si aimable et si douce, que ni l'arondelle, ni le rossignol, ni le cygne, fût-il aussi vieux comme je suis, n'en saurait jeter de pareille, disant: Quant à moi, Philétas, ce ne me seroit point de peine de te baiser; car j'aime plus être baisé que tu ne desires, toi, retourner en ta jeunesse: mais garde que ce que tu me demandes ne soit un don mal séant et peu convenable à ton âge, pource que ta vieillesse ne t'exemptera point de me vouloir poursuivre, quand tu m'auras une fois baisé; et n'y a aigle ni faucon, ni autre oiseau de proie, tant ait-il l'aile vite et légère, qui me pût atteindre. Je ne suis point enfant, combien que j'en aie l'apparence; mais suis plus ancien que Saturne, plus ancien même que tout le temps. Je te connois dès-lors qu'étant en la fleur de ton âge, tu gardois en ce prochain pâtis un si beau et gras troupeau de vaches, et étois près de toi quand tu jouois de la flûte sous ces hêtres, amoureux d'Amaryllide. Mais tu ne me voyois pas, encore que je fusse avec ton amie, laquelle je t'ai enfin donnée, et tu en as eu de beaux enfants, qui maintenant sont bons laboureurs et bouviers; et pour le présent je gouverne Daphnis et Chloé; et après que je les ai le matin mis ensemble, je m'en viens en ton verger; là je prends plaisir aux arbres et aux fleurs, et me lave en ces fontaines; qui est la cause que toutes les plantes et les fleurs de ton jardin sont si belles à voir, pour ce que mon bain les arrose. Regarde si tu verras pas une branche d'arbre rompue, ton fruit aucunement abattu ou gâté, aucun pied d'herbe ou de fleur foulée, ni jamais tes fontaines troublées; et te répute bien heureux de ce que toi seul entre les hommes, dans ta vieillesse, tu es encore bien voulu de cet enfant.»

Cela dit, il s'est enlevé sur les myrtes ne plus ne moins que feroit un petit rossignol, et, sautelant de branche en branche par entre les feuilles, est enfin monté jusques à la cîme. J'ai vu ses petites ailes, son petit arc et ses flèches en écharpe sur ses épaules, puis ai été tout ébahi que je n'ai plus vu ni ses flèches ni lui. Or, si je n'ai pour néant vécu tant d'années, et diminué de sens en avançant d'âge, mes enfants, je vous assure que vous êtes tous deux dévoués à l'Amour, et qu'Amour a soin de vous.»

Ils furent aussi aises d'ouïr ce propos comme si on leur eût conté quelque belle et plaisante fable. Si lui demandèrent que c'étoit d'Amour; s'il étoit oiseau ou enfant, et quel pouvoir il avoit. Adonc Philétas se prit derechef à leur dire: «Amour est un Dieu, mes enfants. Il est jeune, beau, a des ailes; pourquoi il se plaît avec la jeunesse, cherche la beauté et ravit les ames, ayant plus de pouvoir que Jupiter même. Il règne sur les astres, sur les éléments, gouverne le monde, et conduit les autres Dieux comme vous avec la houlette menez vos chèvres et brebis. Les fleurs sont ouvrage d'Amour; les plantes et les arbres sont de sa facture; c'est par lui que les rivières coulent; et que les vents soufflent. J'ai vu les taureaux amoureux: ils mugissoient ne plus ne moins que si le taon les eût piqués; j'ai vu le bouquin aimer sa chèvre, et il la suivoit par-tout. Moi-même j'ai été jeune, et j'aimois Amaryllide; mais lors il ne me souvenoit de manger ni de boire, ni ne prenois aucun repos; mon ame souffroit; mon cœur palpitoit; mon corps tressailloit; je pleurois, je criois comme qui m'eût battu; je ne parlois non plus que si j'eusse été mort; je me jetois dans les rivières comme si un feu m'eût brûlé; j'invoquois Pan, qui fut aussi blessé de l'amour de Pitys; je remerciois Echo, qui appeloit Amaryllide après moi, et de dépit rompois ma flûte, de ce qu'elle savoit bien mener

38

mes vaches, et ne me pouvoit faire venir mon Amaryllide. Car il n'est remède ni breuvage quelconque, ni charme, ni chant, ni paroles, qui guérissent le mal d'amour, sinon le baiser, embrasser, coucher ensemble nue à nu.»

Philétas, après les avoir ainsi enseignés, se départit d'avec eux, emportant pour son loyer quelques fromages et un chevreau daguet, qu'ils lui donnèrent. Mais quand il s'en fut allé, eux, demeurés tout seuls et ayant alors pour la première fois entendu le nom d'amour, se trouvèrent en plus grande détresse qu'auparavant, et, retournés en leurs maisons, passèrent la nuit à comparer ce qu'ils sentoient en eux-mêmes avec les paroles du vieillard: «Les amants souffrent nous souffrons; ils ne font compte de boire ni de manger: aussi peu en faisons nous; ils ne peuvent dormir, ni nous clore la paupière; il leur est avis qu'ils brûlent: nous avons le feu au-dedans de nous; ils désirent s'entrevoir: las! pour autre chose ne prions que le jour revienne bientôt. C'est cela sans point de doute qu'on appelle amour; tous deux sommes énamourés, et si ne le saviONs pas. Mais si c'est amour ce que nous sentons, je suis aimé; que me manque-t-il donc? Et pourquoi sommes-nous ainsi mal à notre aise? A quoi faire nous entre-cherchons-nous? Philétas nous dit vrai; ce jeune garçonnet qu'il a vu en son jardin, c'est lui-même qui jadis apparut à nos pères et leur dit en songe qu'ils nous envoyassent garder les bêtes aux champs. Comment le pourra-t-on prendre? Il est petit et s'enfuira; de lui échapper n'est possible, car il a des ailes et nous atteindra. Faut-il avoir recours aux Nymphes? Pan n'aida de rien Philétas quand il aimoit Amaryllide. Essayons les remèdes qu'il a dit, baiser, accoler, coucher nue à nu. Vrai est qu'il fait froid; mais nous l'endurerons.» Ainsi leur étoit la nuit une seconde école en laquelle ils recordoient les enseignements de Philétas.

Le lendemain au point du jour ils menèrent leurs bêtes aux

champs, s'entre-baisèrent l'un l'autre aussitôt qu'ils se virent, ce qu'ils n'avoient oncques fait encore, et, croisant leurs bras, s'accolèrent; mais le dernier remède ..., ils n'osoient, se dépouiller et coucher nus. Aussi eût-ce été trop hardiment fait, non pas seulement à jeune bergère telle qu'étoit Chloé, mais même à lui chevrier. Ils ne purent donc la nuit suivante reposer non plus que l'autre, et n'eurent ailleurs la pensée qu'à remémorer ce qu'ils avoient fait, et regretter ce qu'ils avoient omis à faire, disant ainsi en eux-mêmes: «Nous nous sommes baisés, et de rien ne nous a servi; nous nous sommes l'un l'autre accolés, et rien ne nous en est amendé. Il faut donc dire que coucher ensemble est le vrai remède d'amour; il le faut donc essayer aussi. Car pour sûr il y doit avoir quelque chose plus qu'au baiser.»

Après semblables pensers, leurs songes, ainsi qu'on peut croire, furent d'amour et de baisers, et ce qu'ils n'avoient point fait le jour, ils le faisoient lors en songeant, couchés nue à nu. Dès le fin matin donc ils se levèrent plus épris encore que devant, et chassant avec le sifflet leurs bêtes aux champs, leur tardoit qu'ils ne se trouvoient pour répéter leurs baisers, et de si loin qu'ils se virent, coururent en souriant l'un vers l'autre, puis s'entre-baisèrent, puis s'entre-accolèrent; mais le troisième point ne pouvoit venir; car Daphnis n'osoit en parler, ni ne vouloit Chloé commencer, jusqu'à ce que l'aventure les conduisit à ce faire en cette manière.

Ils étoient sous le chêne assis l'un près de l'autre, et ayant goûté du plaisir de baiser, ne se pouvoient saouler de cette volupté. L'embrassement suivoit quant et quant pour baiser plus serré, et en ce point, comme Daphnis tira sa prise un peu trop fort, Chloé sans y penser se coucha sur un côté, et Daphnis, en suivant la bouche de Chloé pour ne perdre l'aise du baiser, se laissa de même tomber sur le côté; et, reconnoissant tous deux en cette contenance la forme de leur songe, long-temps demeurèrent couchés de la sorte, se tenant bras à bras aussi étroitement comme s'ils eussent été liés ensemble, sans y chercher rien davantage; mais pensant que ce fût le dernier point de jouissance amoureuse, consumèrent en ces vaines étreintes la plus grande partie du jour, tant que le soir les y trouva; et lors, en maudissant la nuit, ils se séparèrent et ramenèrent leurs troupeaux au tect. Et peut-être enfin eussent-ils fait quelque chose à bon escient, n'eût été un tel tumulte qui survint en la contrée.

Des jeunes gens riches de Méthymne, voulant passer joyeusement le temps des vendanges et s'aller ébattre quelque peu au loin, tirèrent un bateau en mer, mirent leurs valets à la rame, et s'en vinrent dans les parages du territoire de Mitylène, pour ce qu'il y a par-tout bons abris pour se retirer, belle plage pour se baigner, et est bordée de beaux édifices, avec jardins, parcs et bois que les uns nature a produits, les autres la main de l'homme. En voguant ainsi au long de la côte, et descendant ci et là, où désir leur en prenoit, ils ne faisoient mal quelconque ni déplaisir à personne, mais s'ébattaient entre eux à divers passetemps. Tantôt, avec des hameçons attachés d'un brin de fil au bout de quelque long roseau, ils pêchoient, de dessus un écueil jeté fort avant en la mer, des poissons qui hantent autour des rochers; tantôt prenoient avec leurs chiens et leurs filets les lièvres qui fuyoient des vignes pour le bruit des vendangeurs; ou bien ils tendoient aux oiseaux, trouvant temps et lieu favorables, et avec des lacs courants, prenoient des oies sauvages, des halbrans, des outardes et autre tel gibier de plaine, dont ils avoient, outre le plaisir, de quoi fournir à leurs repas. S'il leur falloit quelque chose plus, ils l'achetoient au prochain village, payant le prix et au-delà. Il ne leur falloit que le pain et le vin, et le logis aussi; car ils ne trouvoient pas qu'il fût sûr, étant la saison de l'automne, de coucher en mer, et à cette cause ils tiroient la nuit leur bateau à terre, peur de la tourmente pendant qu'ils dormoient.

Mais quelque paysan de là entour ayant affaire d'une corde dont on suspend la meule à presser le raisin, étant la sienne par aventure usée ou rompue, s'en vint de nuit au bord de la mer, et, trouvant le bateau sans garde, délia la corde qui le lioit, l'emporta en son logis et s'en servit à son besoin. Le matin ces jeunes gens cherchèrent partout leur corde; mais nul ne confessoit l'avoir prise: par quoi, après qu'ils eurent un peu querellé avec leurs hôtes, ils tirèrent outre, et ayant fait environ deux lieues, vinrent aborder à ces champs où se tenoient Daphnis et Chloé, pour ce qu'il y avoit, ce leur sembla, belle plaine à courir le lièvre. Or n'avoient-ils plus de corde pour attacher leur bateau, et à cette cause prirent du franc osier vert, le plus long qu'ils purent finer, le tordirent et en firent une hart, dont ils lièrent leur bateau à terre, puis, lâchant leurs chiens, se mirent à chasser et tendirent leurs toiles aux passages qu'ils trouvèrent plus à propos. Ces chiens, en courant çà et là et aboyant, effrayèrent les chèvres de Daphnis, lesquelles abandonnèrent incontinent les coteaux, et s'enfuirent vers la marine, là où, ne trouvant rien à brouter parmi le sable, aucunes plus hardies que les autres s'approchèrent du bateau et rongèrent la hart d'osier vert dont il étoit attaché.

La mer étoit un peu émue d'un vent de terre qui se levoit; le bateau une fois délié, les vagues le poussèrent, l'éloignèrent du bord et le portoient en mer; de quoi les chasseurs s'étant apperçus, les uns accoururent au rivage, les autres rappelèrent leurs chiens, et tous ensemble menoient tel bruit que les gens de là entour, pâtres, vignerons, laboureurs, les entendant, vinrent de toutes parts; mais ils n'y purent que faire. Car le vent, fraîchissant toujours de plus en plus, mena la barque au gré du flot si roide et si loin, qu'elle fut tantôt hors de vue.

Par quoi ces jeunes gens, dolents outre mesure, perdant leur bateau, biens et tout, cherchèrent le chevrier qui devoit garder les chèvres, et trouvant là Daphnis parmi les regardants, en chaude colère commencèrent à le battre et à le vouloir dépouiller; même y en eut un d'entre eux qui détacha la laisse dont il menoit son chien, et prit les deux mains à Daphnis pour les lui lier derrière le dos. Lui, comme ils le battoient, crioit, imploroit l'aide d'un chacun, mais sur tous appeloit à son secours Lamon et Dryas, lesquels accourus, tous deux verts vieillards, ayant les mains rudes, endurcies du labeur des champs, prirent très bien sa défense contre les jeunes Méthymniens, en leur remontrant qu'il falloit entendre du moins ce garçon, pour voir s'il avoit tort, et que chacun dît ses raisons. Ceux de Méthymne le voulurent, et d'un commun accord on élut pour arbitre le bouvier Philétas, à cause que c'étoit le plus ancien qui se trouvât là présent, et qu'entre ceux de son village il avoit le bruit d'être homme de grande foi et loyauté. Adonc les jeunes gens, prenant la parole, firent en termes courts et clairs leur plainte de telle sorte, devant le chef bouvier:

«Nous étions descendus en ces champs pour chasser, et avions attaché notre barque au rivage avec une hart d'osier vert; puis nous nous étions mis en quête avec nos chiens, et cependant les chèvres de celui-ci sont venues, ont mangé l'osier dont notre bateau étoit attaché, et par ainsi l'ont détaché. Vous mêmes l'avez pu voir emporté en pleine mer. Et ce qu'il y a dedans perdu pour nous, combien pensez-vous qu'il vaille? Combien d'habits et d'équipages! Combien de beaux harnois pour nos chiens! et de l'argent plus qu'il n'en faudroit pour acheter tous ces champs! En récompense de quoi, nous voulons emmener ce méchant chant chevrier-ci, lequel entend si mal le métier dont il se mêle, que de hanter avec ses chèvres au long des plages de la mer, comme s'il étoit marinier.»

Voilà ce que dirent les Méthymniens. Daphnis étoit tout moulu des coups qu'il avoit reçus; mais, voyant Chloé présente, il ne s'étonna de rien, et leur répondit franchement: «Je garde bien mes chèvres, et n'y a personne en tout le village qui se soit jamais plaint que pas une d'elles ait rien brouté en son jardin, ni rompu ou gâté un bourgeon dans sa vigne. Mais ceux-ci eux-mêmes sont mauvais chasseurs, et ont des chiens mal appris, qui ne font que courir çà et là, et aboyer tant et si fort, qu'ils ont effarouché mes chèvres et les ont chassées de la plaine et de la montagne vers la mer, comme eussent pu faire des loups. Or à présent elles ont mangé quelque osier: pouvoient-elles _emmi_ ces sables brouter le thym ou le serpolet? Leur bateau est péri en mer: qu'ils s'en prennent à la tourmente, mes chèvres n'en sont pas cause. _Voire_ mais, il y avoit dedans tant de biens, des habits, de l'argent: Et qui seroit si sot de croire qu'un bateau portant tout cela n'eût pour l'attacher qu'une hart d'osier?»

En disant ces paroles il se prit à pleurer, et fit grande pitié à tous les assistants; tellement que Philétas, qui devoit donner sa sentence, jura le dieu Pan et les Nymphes que Daphnis n'avoit point de tort, ni ses chèvres non plus, et que la faute, si faute y avoit, étoit aux vents et à la mer, desquels il n'étoit pas juge pour la leur faire réparer. Ce néanmoins le bon Philétas ne sut si bien dire que les Méthymniens s'en contentassent; mais derechef en grande fureur prirent Daphnis, et le vouloient lier pour l'emmener, n'eût été que les paysans, de ce mutinés, se ruèrent en criant sur eux, comme une volée d'étourneaux, et leur ôtèrent des mains Daphnis, qui se défendoit bien aussi et à son tour les chargeoit. Si qu'à grands coups de pierres et de bâtons, ils chassèrent les Méthymniens, et ne cessèrent de les poursuivre qu'ils ne les eussent menés battant hors de leur territoire. Daphnis et Chloé restés seuls, elle eut tout loisir de le conduire en la caverne des Nymphes, où elle lui lava le visage tout souillé du sang qui lui étoit coulé du nez; puis, tirant de sa panetière un peu de fromage et du tourteau, elle lui en fit manger, et, qui plus le conforta, lui donna de sa tendre bouche un baiser plus doux que miel.

Ainsi échappa Daphnis de ce danger; mais la chose n'en demeura pas là. Car ces jeunes gens de Méthymne, retournés chez eux à pied, au lieu qu'ils étoient venus en un beau bateau; blessés et mal menés, au lieu qu'ils étoient partis gais et bien délibérés, firent assembler le conseil de la ville, auquel ils requirent, en habits et contenance de suppliants, être vengés de l'outrage qu'ils avoient souffert, ne disant de vrai pas un mot, de peur que, s'ils eussent conté le fait comme il étoit allé, on ne se fût moqué d'eux de s'être ainsi laissé battre par des paysans, mais accusant hautement les Mityléniens de les avoir pillés, et pris leur bateau sans autre forme de procès, comme en guerre ouverte.

Ceux de Méthymne ajoutèrent aisément foi à leur dire, pour autant mêmement qu'ils les voyoient blessés; et quant et quant, estimant chose juste et raisonnable de venger un tel outrage fait aux enfants des plus nobles maisons de leur ville, décernèrent sur-le-champ la guerre contre les Mityléniens, sans leur envoyer ni héraut ni déclaration, et commandèrent à leur capitaine qu'il mît promptement en mer dix galères pour aller faire du pis qu'il pourroit en toute leur côte. Ils pensèrent que ce ne seroit pas sûrement ni sagement fait de hasarder plus grosse flotte à l'approche de l'hiver.

Le capitaine dès le lendemain eut dressé son équipage, et, usant pour moins d'embarras de ses soldats mêmes au lieu de rameurs, alla fourrager toutes les terres des Mityléniens qui étoient voisines de la mer, là où il prit force bétail, force grain, vin en quantité, pour ce qu'il n'y avoit guère que vendanges étoient faites, et grand nombre de prisonniers, gens qui travaillent à ces champs; et aussi s'en vint débarquer où gardoient leurs bêtes Daphnis et Chloé, courut le pays, ravit et pilla tout ce qu'il y trouva. Daphnis pour lors n'étoit pas avec son troupeau; il étoit dans le bois à cueillir de la ramée verte pour donner l'hiver aux chevreaux, et, voyant du haut des arbres les ennemis dans la plaine, se cacha au creux d'un vieux chêne. Chloé, qui étoit demeurée avec les troupeaux, se cuida sauver de vitesse, et se jeta comme en un asile dans l'antre des Nymphes, poursuivie jusqu'au lieu même, et là, prioit au nom des Nymphes ces soldats de ne vouloir faire déplaisir ni à elle ni à ses bêtes; mais en vain. Car les gens de Méthymne, après avoir fait plusieurs vilenies et moqueries aux images des Nymphes, l'emmenèrent elle et ses bêtes, en la chassant devant eux à coups de houssine comme une chèvre ou une brebis, et, voyant qu'ils avoient déjà plein leurs vaisseaux de toute sorte de butin, ne voulurent plus tirer outre, mais reprirent la route de leurs maisons, craignant l'hiver et les ennemis.

Ainsi s'en alloient les Méthymniens à force de rames, faisant peu de chemin, car le temps fut si calme, qu'il ne tiroit ni vent ni haleine quelconque; et Daphnis, sorti de son creux après que tout ce bruit fut passé, s'en vint dans la plaine où leurs bêtes avoient coutume de pâturer, et n'y voyant plus ni ses chèvres, ni les brebis, ni Chloé, mais seulement les champs tout seuls, et la flûte de laquelle Chloé se souloit ébattre jetée là, se prit à crier et pleurer, et en soupirant amèrement s'en couroit tantôt sous le fouteau à l'ombre duquel ils avoient accoutumé de se seoir, tantôt au rivage de la mer, pour voir s'il la trouveroit point, et tantôt dans l'antre des Nymphes où il l'avoit vue fuir, et là, se jetant par terre devant leurs images, se complaignit à elles, disant qu'elles lui avoient bien failli au besoin «Chloé, disoit-il, vient d'être arrachée de vos autels, et vous avez bien eu le cœur de le voir et l'endurer! elle qui vous a fait tant de beaux chapelets de fleurs! elle qui vous offroit toujours du premier lait! elle qui vous a donné ce flageolet même que je vois ici pendu! Jamais loup ne me ravit une seule de mes chèvres, et les ennemis m'ont maintenant ravi le troupeau entier et ma compagne bergère aussi. Mes chèvres, ils les tueront et écorcheront incontinent; les brebis, ils en feront des sacrifices aux Dieux; et Chloé demeurera en quelque ville loin de moi. Comment oserai-je à cette heure m'en aller devers mon père et ma mère, sans mes chèvres, sans Chloé, pour être désormais misérable manœuvre; car il n'y a plus chez nous de bêtes que je pusse garder. Mais non, je ne bougerai d'ici, attendant la mort ou d'autres ennemis qui m'emmènent aussi. Hélas! Chloé, es-tu en même peine que moi? te souvient-il de ces champs? as-tu point de regret aux Nymphes et à moi? ou si te reconfortent nos brebis et nos chèvres prisonnières avec toi?»

Comme il achevoit ces paroles, le cœur gros de chagrin, de pleurs, le voilà pris d'un profond somme, et lui apparoissent les trois Nymphes, en guise de belles et grandes femmes, demi-nues, les pieds sans chaussure, les cheveux épars, en tout semblables aux images. Si lui fut avis, dès l'abord, qu'elles avoient pitié de lui; puis d'elles trois la plus âgée lui dit en le réconfortant: «Ne te plains point de nous, Daphnis, nous avons plus de souci de Chloé que tu n'as toi-même. Nous en prîmes pitié dès-lors qu'elle venoit de naître, et, abandonnée en cet antre, l'avons fait élever et nourrir. Car, afin que tu le saches, rien n'a de commun Chloé avec Dryas et ses brebis, ni toi non plus avec Lamon. Et quant à ce qui est d'elle, nous y avons déjà pourvu. Elle n'ira point prisonnière avec ces soldats à Méthymne, ni ne sera partie de leur butin. Pan, qui est là sous ce pin, et que vous n'honorez jamais seulement de quelques fleurettes, c'est lui que nous avons prié de vouloir secourir Chloé, parce qu'il fréquente volontiers entre gens de guerre, et lui-même a conduit des guerres, quittant le repos des champs. Il marche dès cette heure, dangereux ennemi, contre ceux de Méthymne. Pourtant ne t'afflige point, mais te lève et t'en va consoler Lamon et Myrtale, qui sont jetés à terre comme toi, croyant que tu aies été pris et emmené sur les vaisseaux. Demain reviendra ta Chloé, avec vos brebis et vos chèvres, et si les garderez encore et jouerez de la flûte ensemble. Au demeurant Amour aura soin de vous.»

Daphnis, ayant ouï et vu telles choses, s'éveilla soudain en sursaut, et, pleurant autant de joie que de tristesse, adora les Nymphes, prosterné devant leurs images, et leur promit, si Chloé retournoit à sauveté, de leur sacrifier la plus grasse de ses chèvres; et courant au pin sous lequel étoit le dieu Pan représenté avec les pieds d'un bouc, deux cornes en la tête, qui d'une main tenoit sa flûte, et de l'autre arrêtoit un bouquin, l'adora aussi, et le pria qu'il lui plût faire promptement revenir Chloé, lui promettant semblablement de lui sacrifier un bouc; et jusques au soir environ le soleil couchant, à peine cessa-t-il ses larmes et ses vœux pour le retour de Chloé. Enfin, ramassant sa feuillée, s'en retourna au logis, où il ôta de grand émoi Lamon et Myrtale, et les remplit de liesse; puis mangea un petit et s'en alla dormir; mais ce ne fut pas sans pleurer, ni faire prière aux Nymphes qu'elles lui apparussent encore, et que le jour revînt bientôt, et avec le jour, selon leur promesse, Chloé. Jamais nuit ne lui fut si longue. Or voici comme il en alla.

Le capitaine de Méthymne, ayant navigué à la rame environ cinq quarts de lieue, voulut un petit rafraîchir ses gens las d'avoir couru le pays, et, trouvant un promontoire assez avancé en mer, dont l'extrémité présentoit deux pointes en manière de croissant, abri aussi sûr qu'aucun port, il y jeta l'ancre sous une roche haute et droite, sans autrement aborder, afin que de la côte à toute aventure on ne lui pût faire nul déplaisir, et ainsi permit à ses gens de se traiter et réjouir en pleine assurance. Eux, ayant à bord foison de tous vivres qu'ils avoient pillés, se mirent à manger, boire et faire fête comme on fait pour une victoire. Mais dès que le jour fut failli, et que la nuit eut mis fin à leur bonne chère, il leur fut avis soudainement que la terre étoit toute en feu, et vers la haute mer entendirent un bruissement dans le lointain, comme des rames d'une grosse flotte qui fût venue contre eux. L'un crioit aux armes, l'autre appeloit ses compagnons; l'un pensoit être jà blessé, l'autre croyoit voir un homme mort gisant devant lui. Bref, y avoit tout tel tumulte comme en un combat de nuit; et si n'y avoit point d'ennemis.

Après une nuit si terrible, le jour vint, qui les effraya encore davantage. Car ils virent les boucs de Daphnis et ses chèvres, les cornes toutes entortillées de rameaux de lierre avec leurs grappes; ils entendirent les brebis et béliers de Chloé qui hurloient, comme loups; elle-même on la vit couronnée de branchages de pin. Et en la mer se faisoient aussi choses étranges à conter. Car quand ils pensoient lever les ancres, elles tenoient au fond; quand ils cuidoient abattre leurs rames pour voguer, elles se rompoient. Les dauphins, sautant autour des vaisseaux et les battant de leur queue, en décousoient les jointures. Et entendoit-on du haut de la roche le son d'une flûte à sept cannes telle qu'en ont les bergers; mais ce son n'étoit point plaisant à ouïr, comme seroit le son d'une flûte ordinaire, ains épouvantoit ceux qui l'entendoient comme l'éclat imprévu d'une trompette de guerre: de quoi ils étoient tous en merveilleux effroi, et couroient aux armes, disant que c'étoient les ennemis qui les venoient attaquer, et ne savoit-on par où; et lors désiraient que la nuit revînt, comme s'ils eussent dû avoir trêve quand elle seroit venue.

Or n'étoit celui parmi eux conservant tant soit peu de sens, qui ne connût clairement que tous ces prodiges venoient du dieu Pan, irrité contre eux pour quelque méfait; mais ils n'en pouvoient deviner la cause, n'ayant touché chose qu'ils sussent appartenir à Pan; jusqu'à ce qu'environ midi le capitaine, non sans expresse ordonnance divine, s'endormit, et lui apparut Pan lui-même disant telles paroles: «O méchants sacrilèges! comme avez-vous été si forcenés que d'oser emplir d'alarme les champs que j'aime uniquement, ravir les troupeaux qui sont en ma protection, et arracher par force d'un lieu saint une jeune fille de laquelle Amour veut faire une histoire singulière, et n'avez point eu de crainte ni de révérence aux Nymphes qui le vous ont vu faire, ni à moi aussi, qui suis le dieu Pan? Jamais vous ne verrez Méthymne, si vous y prétendez porter un tel butin, ni jamais n'échapperez le son de cette mienne flûte, qui vous a naguère effrayés. Je vous ferai tous abymer au fond de la mer et manger aux poissons, si tu ne rends, et bientôt, Chloé aux Nymphes à qui vous l'avez enlevée, et quant et elle ses brebis et tout le troupeau des chèvres. Pourtant lève-toi sans délai, et la remets à terre avec ce que je t'ai dit, et je vous conduirai tous deux en vos maisons, elle par terre et toi par mer.»

A ces paroles, tout troublé, le capitaine Bryaxis (car ainsi avoit-il nom) s'éveilla en sursaut, et de chaque galère aussitôt faisant appeler les chefs, commanda qu'on cherchât entre les prisonniers Chloé, jeune bergère, et fut fait; et n'eurent pas de peine à la trouver, car elle étoit assise la tête couronnée de pin. Si la mènent au capitaine; et lui, connoissant bien à cela que c'étoit pour elle qu'il avoit eu cette apparition en dormant, la conduisit lui-même à terre dans la galère capitainesse, dont elle ne fut pas plutôt hors, que du haut de la roche aussitôt on entend un nouveau son de flûte, non plus épouvantable en manière de l'alarme, mais tel que bergers ont coutume de sonner quand c'est pour mener leurs bêtes aux champs; et brebis aussitôt de sortir du navire, courant par l'escale sans broncher, et les chèvres encore mieux, comme celles qui savoient jà gravir et descendre tous lieux escarpés. Puis chèvres et brebis à terre entourèrent Chloé, bondissant, sautelant et bêlant, et sembloient s'éjouir avec elle de leur commune délivrance.

Mais les troupeaux des autres bergers et chevriers demeurèrent où on les avoit mis, et ne bougèrent de dessous le tillac des galères, comme n'étant point pour eux le son de la flûte; de quoi tout le monde s'émerveilla grandement, et en loua la puissance et bonté de Pan. Et encore vit-on de plus étranges merveilles en l'un et en l'autre élément: car les galères des Méthymniens démarrèrent d'elles-mêmes, avant qu'on eût levé les ancres, et y avoit un dauphin qui les conduisoit, sautant hors de l'eau devant la capitainesse; et sur terre un fort doux et plaisant son de flûte conduisoit les deux troupeaux, sans que l'on pût voir qui en jouoit; si que les brebis et les chèvres marchoient et paissoient en même temps, avec très-grand plaisir d'ouïr telle mélodie.

C'étoit environ l'heure qu'on ramène les bêtes aux champs après midi. Daphnis, apercevant de tout loin, d'une vedette élevée, Chloé avec les deux troupeaux: «O Nymphes! ô Pan!» s'écria-t-il; et, descendu dans la plaine, court à elle, se jette dans ses bras, épris de si grande joie qu'il en tomba tout pâmé. A peine purent le ranimer les baisers même de Chloé qui le pressoit contre son sein. Ayant enfin repris ses esprits, il s'en fut avec elle sous le hêtre, là où s'étant tous deux assis, il ne faillit, à lui demander comme elle avoit pu échapper des mains de tant d'ennemis, et Chloé lui conta tout, son enlèvement dans la grotte, son départ sur le vaisseau, et le lierre venu aux cornes de ses chèvres, et la couronne de feuillage de pin sur sa tête; ses brebis qui avoient hurlé, le feu sur la terre, le bruit en la mer, les deux sortes de son de flûte, l'un de paix, l'autre de guerre, la nuit pleine d'horreur, et comme une certaine mélodie musicale l'avoit conduite tout le chemin sans qu'elle en vît rien.

51

Adonc reconnoissant Daphnis le Secours manifeste de Pan et l'effet de ce que les Nymphes lui avoient promis, conta de sa part à Chloé tout ce qu'il avoit ouï, tout ce qu'il avoit vu, et comme, se mourant d'amour et de regret, il avoit été par les Nymphes rendu à la vie. Puis il l'envoya quérir Dryas et Lamon, et quant et quant tout ce qui fait besoin pour un sacrifice, et lui-même cependant prit la plus grasse chèvre qui fût en son troupeau, de laquelle il entortilla les cornes avec du lierre, en la même sorte et manière que les ennemis les avoient vues, et après lui avoir versé du lait entre les cornes, la sacrifia aux Nymphes, la pendit et l'écorcha, et leur en consacra la peau attachée au roc. Puis quand Chloé fut revenue, amenant Dryas et Lamon et leurs femmes, il fit rôtir une partie de la chair et bouillir le reste; mais avant tout il mit à part les prémices pour les Nymphes, leur épandit de la cruche pleine une libation de vin doux, et, ayant accommodé de petits lits de feuillage et verde ramée pour tous les convives, se mit avec eux à faire bonne chère, et néanmoins avoit toujours l'œil sur les troupeaux, crainte que le loup survenant d'emblée ne fît son coup pendant ce temps-là. Puis tous, ayant bien repu, se mirent à chanter des hymnes aux Nymphes, que d'anciens pasteurs avoient composées. La nuit venue, ils se couchèrent en la place même emmi les champs, et le lendemain eurent aussi souvenance de Pan. Si prirent le bouc chef du troupeau, et, couronné de branchages de pin, le menèrent au pin sous lequel étoit l'image du Dieu, et, louant et remerciant la bonté de Pan, le lui sacrifièrent, le pendirent, l'écorchèrent, puis firent bouillir une partie de la chair et rôtir l'autre, et le tout étendirent emmi le beau pré sur verde feuillade. La peau avec les cornes fut au tronc de l'arbre attachée tout contre l'image de Pan, offrande pastorale à un Dieu pastoral; et ne s'oublièrent non plus de lui mettre à part les prémices, et si firent en son honneur les libations accoutumées. Chloé chanta, Daphnis joua de la flûte, et chacun prit place à table.

Ainsi qu'ils faisoient chère lie, survint de cas d'aventure le bon homme Philétas, apportant à Pan quelques chapelets de fleurs, et des moissines avec les grappes et la pampre encore au sarment; et quant et lui amenoit son plus jeune fils Tityre, jeune petit gars ayant cheveux blonds et couleur vermeille, air vif et malin, et qui en courant sautoit ne plus ne moins qu'un chevreau. Dès qu'ils aperçurent Philétas, ils se levèrent tous, allèrent avec lui couronner l'image de Pan, et suspendirent les moissines du bon Philétas aux branches du pin; puis, lui faisant place parmi eux, le convièrent à leur repas. Or, quand ces vieillards eurent un peu bu, adonc commencèrent-ils à conter de leurs jeunes ans, comme ils gardoient leurs bêtes aux champs, comme ils étoient échappés de plusieurs dangers et surprises d'écumeurs de mer et de larrons. L'un se vantoit qu'il avoit une fois tué un loup, l'autre qu'après Pan il n'y avoit homme qui sût si bien jouer de la flûte que lui. C'étoit Philétas qui se donnoit cette louange. Daphnis et Chloé le prièrent qu'il leur voulût de grâce montrer un petit de sa science, et qu'en ce sacrifice fait à Pan, il honorât avec sa flûte le Dieu amateur de tels sons. Philétas y consentit, encore que pour sa vieillesse il se plaignit de n'avoir plus guère d'haleine, et prit la flûte de Daphnis. Mais elle se trouva trop petite pour y pouvoir montrer beaucoup de savoir et d'artifice, comme celle de quoi jouoit un jeune garçon seulement; par quoi il envoya Tityre en son logis, distant d'environ demi-lieue, pour lui apporter la sienne. L'enfant jette là son hocqueton, et s'en court comme un faon de biche; et cependant Lamon se mit à leur conter la fable de Syringe, pour laquelle apprendre il avoit donné à un chevrier de Sicile, qui en savoit la chanson, un bouc et une flûte.

«Cette Syringe, leur dit-il, aujourd'hui flûte pastorale, jadis étoit une belle fille ayant voix mélodieuse et grande science de musique. Elle gardoit les chèvres, chantoit et se jouoit avec les Nymphes. Pan, qui la voyoit aux champs garder ses bêtes, jouer, chanter, un jour vient à elle et la prie de ce qu'il vouloit, lui promettant faire que ses chèvres porteraient toutes deux chevreaux à chaque portée. Elle se moqua de son amour, et dit que jamais elle n'auroit ami, non seulement tel comme lui, qui sembloit proprement un bouc, mais ni autre quel qu'il fût. Pan la voulut prendre à force; elle s'enfuit; il la poursuivit; tant que pieds la purent porter, elle courut; mais, lasse à la fin de courir, elle se jette en un marais, et là se perd dans les roseaux. Pan coupe les cannes en courroux, et, n'y trouvant point la pucelle, connut son inconvénient; et lors, unissant avec de la cire les roseaux taillés inégaux, en signe d'amour non égale, il en fit cet instrument. Ainsi elle qui paravant étoit belle jeune fille, depuis a été un plaisant instrument de musique.»

Lamon à peine achevoit son conte, et bon Philétas de le louer, disant n'avoir ouï en sa vie chanson si jolie que cette fable, quand Tityre arriva portant la flûte de son père, grande à merveille, composée des plus grosses cannes que l'on trouve, accoutrée de laiton par-dessus la cire. On eût dit que c'étoit celle-là même que Pan fit la première. Philétas adonc se leva, et, assis sur son lit de feuillage, premièrement il essaya tous les chalumeaux, voir si rien empêchoit le vent, et voyant que chaque tuyau rendoit le son convenable, souffla dedans à bon escient. Si sembloit proprement un air de plusieurs flageolets jouants ensemble, tant menoient de bruit ces pipeaux: puis petit à petit diminuant la force du vent, ramena son jeu en un son tout-à-fait doux et plaisant, et, leur montrant tout l'artifice de la musique pastorale pour bien mener et faire paître les bêtes aux champs, leur fit voir comment il falloit souffler pour un troupeau de bœufs, quel son est mieux séant à un chevrier, quel jeu aiment les brebis et moutons; celui des brebis étoit gracieux; fort et grave celui des bœufs; celui des chèvres clair et aigu; et une seule flûte imitoit toutes ces diverses flûtes, du berger, du bouvier et du chevrier.

La compagnie à table écoutoit sans mot dire, couchée sur le feuillage, prenant très grand plaisir d'ouïr si bien jouer Philétas, jusqu'à ce que Dryas, se levant, le pria de jouer quelque gaie chanson en l'honneur de Bacchus, et lui cependant leur dansa une danse de vendange, faisant les gestes comme s'il eût, tantôt cueilli la grappe au cep, tantôt porté le raisin dans la hotte, puis les mines d'un qui foule la vendange, qui verse le vin dans les jarres, et d'un qui hume à bon escient la liqueur nouvelle. Routes lesquelles choses il fit si proprement et de si bonne grâce, approchant du naturel, qu'ils pensoient voir devant leurs yeux la vigne, le pressoir, et les jarres, et Dryas buvant le vin doux.

Ayant ainsi le troisième vieillard bien et gentiment fait son devoir de danser, à la fin alla baiser Daphnis et Chloé, lesquels incontinent se levèrent et dansèrent le conte de Lamon. Daphnis contrefaisoit le dieu Pan, Chloé la belle Syringe; il lui faisoit sa requête, et elle s'en rioit; elle s'enfuyoit, lui la poursuivoit, courant sur le bout des orteils pour mieux contrefaire les pieds de bouc; elle feignoit d'être lasse et de ne pouvoir plus courir, et au lieu des roseaux s'alloit cacher dans le bois.

Et Daphnis alors, prenant la grande flûte de Philétas, en tira d'abord un son douloureux, comme Pan qui se fût plaint de la jouvencelle; puis un son passionné, comme la priant d'amour; puis un son de rappel, comme cherchant par-tout ce qu'elle étoit devenue. Si que le bon homme lui-même Philétas, tout émerveillé, accourut le baiser, et après l'avoir baisé lui fit présent de sa flûte, en priant aux Dieux que Daphnis la laissât un jour à pareil successeur que lui. Daphnis donna la sienne petite à Pan, et ayant baisé Chloé comme revenue et retrouvée d'une véritable fuite, ramena jouant de la flûte ses bêtes aux étables, pource qu'il étoit déjà

tard; et aussi fit Chloé les siennes au son des mêmes
chalumeaux. Les chèvres marchoient côte à côte des brebis,
et Chloé tout joignant Daphnis, de sorte qu'à chaque pas ils
se baisoient l'un l'autre, et durèrent ainsi jusques à nuit
close, et en se quittant complotèrent ensemble de ramener
paître leurs troupeaux le lendemain au plus matin, comme
ils firent. Car incontinent que le jour commença à poindre,
ils revinrent aux pâturages, et ayant premièrement salué les
Nymphes, puis après Pan, s'allèrent asseoir dessous le chêne,
où ils jouèrent de la flûte ensemble, s'entre-baisèrent,
s'embrassèrent, se couchèrent l'un près de l'autre, et, sans y
faire rien davantage, se relevèrent. Ensuite ils songèrent à
manger; et ils buvoient en même sébile du vin mêlé avec du
lait.

Or échauffés et rendus plus hardis par toutes ces choses, ils
contestoient entre eux d'amour, et en vinrent jusqu'à se
vouloir assurer par serment l'un de l'autre. Daphnis, allant
dessous le pin, jura par le dieu Pan qu'il ne vivroit jamais un
seul jour sans Chloé; et Chloé, dans l'antre des Nymphes,
jura devant leurs images de vivre et mourir avec Daphnis.
Mais elle, comme une jeune et innocente fillette, fut si simple
de vouloir que Daphnis au sortir de l'antre lui jurât un
autre serment. Si lui dit: «Ce dieu Pan, Daphnis, est un dieu
volage auquel il n'y a point de fiance; il a aimé Pitys, il a
aimé Syringe; il ne cesse de pourchasser les Nymphes
Épimélides, et on le voit toujours après les Dryades. Si tu me
fausses la foi que tu m'as jurée, il ne s'en fera que rire, voire
quand tu aurois plus de maîtresses qu'il n'a de chalumeaux
en sa flûte. Et comment te puniroit-il, lui qui chaque jour
fait amour nouvelle? Jure-moi par ton troupeau, et par la
chèvre qui te nourrit et allaita, que jamais tu ne laisseras
Chloé tant qu'elle te sera fidèle; et là où elle te fera faute, et
aux Nymphes qu'elle a jurées, fuis-la ou la hais ou la tue,
comme tu ferois un loup.»

Daphnis prit plaisir à ce doute, et, debout au milieu de son troupeau, tenant d'une main un bouc et de l'autre une chèvre, jura qu'il aimeroit Chloé tant qu'il en seroit aimé, et que si elle en aimoit un autre, il se tueroit au lieu d'elle; dont elle fut bien aise, et s'en assura plus que du premier serment, croyant les brebis et les chèvres être Dieux propres aux bergers et aux chevriers.

LIVRE TROISIÈME

Mais les Mityléniens, apprenant comme ceux de Méthymne avoient envoyé dix galères à leur dommage, et mêmement étant informés, par gens qui venoient de la campagne, comme on avoit couru leurs terres et pillé leurs biens, estimèrent que ce seroit lâcheté d'endurer un tel outrage des Méthymniens, et délibérèrent promptement prendre les armes contre eux. Si levèrent incontinent trois mille hommes de pied et cinq cents chevaux, et envoyèrent par terre leur capitaine général Hippase, craignant de les mettre sur mer en temps approchant de l'hyver.

Le capitaine, parti aussitôt avec ses gens, ne fourragea point les terres des Méthymniens, ni n'emmena le bétail des laboureurs et paysans, parce qu'il estimoit cela être le fait d'un larron et non pas d'un capitaine, ains tira droit vers la ville, espérant la surprendre les portes ouvertes et sans garde. Mais quand il en fut près environ six lieues, un héraut lui vint au-devant, qui lui demanda trêve au nom des Méthymniens. Car, ayant entendu depuis par leurs prisonniers que ceux de Mitylène ne savoient du tout rien de ce qui s'étoit passé, mais que c'étoit une querelle entre paysans et jeunes gens, où ceux-ci avoient eu des coups pour quelque insolence par eux faite, ils regrettoient fort d'avoir si à la légère offensé leurs voisins, et n'avoient autre désir que de rendre et restituer ce qui auroit été pris, pour pouvoir trafiquer et hanter comme devant les uns avec les autres sans crainte ni danger. Hippase envoya le héraut porter ses paroles au Sénat des Mityléniens, combien qu'il eût tout pouvoir et autorité absolue, et cependant alla camper à demi-lieue de Méthymne, attendant les ordres de sa ville. De là à deux jours ordre lui vint de recevoir les restitutions, et s'en retourner sans faire nul dommage. Car ayant le choix de la paix ou de la guerre, ils avoient pensé que la paix valoit mieux. Ainsi se termina la guerre entre Méthymne et Mitylène, finie comme elle fut commencée, par soudaine résolution.

Et là-dessus survint l'hyver, plus fâcheux que la guerre à Daphnis et à sa Chloé. Car incontinent la neige, tombant en grande abondance, couvrit les chemins et enferma les laboureurs en leurs maisons; les torrents impétueux tomboient aval du haut des montagnes, l'eau se geloit, les arbres sembloient morts, on ne voyoit plus la terre, sinon alentour des fontaines et de quelques ruisseaux; ainsi ne se pouvoient plus mener les bêtes aux champs, ni n'osoient les gens mettre seulement le nez hors la porte; mais, demeurant tous au logis, faisoient un grand feu, alentour duquel, dès que les coqs avoient chanté le matin, chacun venoit faire sa besogne. Les uns retordoient du fil, les autres tissoient du poil de chèvre, ou faisoient des collets à prendre les oiseaux. Le soin qu'il falloit lors avoir des bœufs étoit de leur donner de la paille à manger en la bouverie, aux chèvres et brebis de la feuillée en la bergerie, aux pourceaux de la faîne et du gland en la porcherie.

Étant ainsi chacun contraint de garder la maison, pour la rudesse du temps, les autres, tant laboureurs que pasteurs, en étoient aises, parce qu'ils avoient un peu de relâche en leurs travaux, faisoient bons repas et long somme, tellement que l'hyver leur sembloit plus doux que non pas l'été, ni l'automne, ni le printemps avec. Mais Daphnis et Chloé, se souvenant des plaisirs passés, comme ils s'entrebaisoient, comme ils s'entr'embrassoient, et de leurs joyeux passetemps emmi ces champs et ces prairies, toute nuit soupiroient en grande peine sans pouvoir dormir, attendant la saison nouvelle ne plus ne moins qu'une seconde vie après la mort. Chaque fois qu'ils trouvoient sous leur main la panetière dont ils souloient tirer leur manger, cela leur mettoit deuil au cœur; apercevant la sébile où ils étoient coutumiers de boire l'un après l'autre, ou bien la flûte, qui étoit un don d'amourette, jetée à terre quelque part sans que l'on en tînt compte, cela renouveloit leur regret. Si prioient aux Nymphes et à Pan qu'ils les délivrassent de ces maux, et leur remontrassent enfin, à eux et à leurs bêtes, le soleil beau et clair; et quant et quant, faisant ces prières aux Dieux, cherchoient quelque invention par laquelle ils se pussent entrevoir. Chloé de soi n'y eût su que faire, et aussi, n'avoit guère moyen; car celle qu'on estimoit sa mère étoit tout le jour après elle, lui montrant à carder la laine et à tourner le fuseau, et lui parlant de la marier; mais Daphnis, comme celui qui avoit plus de loisir et plus de sens aussi que la fillette, trouva pour la voir une telle finesse:

Devant le logis de Dryas, tout contre le mur de la cour, étoient deux grands myrtes et un lierre, les myrtes bien près l'un de l'autre et quasi joints par le pied, tellement que le lierre les embrassant tous deux, et s'étendant en guise de vigne sur l'un et sur l'autre, y faisoit une manière de loge fort couverte, tant les feuilles étoient épaisses et tissues, s'il faut ainsi dire, les unes avec les autres; par dedans pendoient force grappes noires, comme raisins à la treille; à l'occasion de quoi y avoit toujours, mêmement l'hyver, grande multitude d'oiseaux qui lors ne trouvoient rien ailleurs, force merles, force grives, force ramiers, force bisets, et de tous autres oiseaux aimant à manger grains de lierre.

Daphnis sortit de la maison sous couleur d'aller tendre à ces oiseaux, ayant plein son bissac de <u>fouaces</u> et de gâteaux au miel, et portant aussi, afin qu'on le crût mieux, de la glu et des collets. La distance de l'une des maisons à l'autre étoit d'environ demi-lieue, et la neige, non encore durcie par le froid, lui eût fait avoir bien de la peine, n'eût été qu'Amour passe par-tout et franchit le feu, l'eau, la neige, voire même celle de la Scythie. Daphnis fit le chemin tout d'une course, et, arrivé devant la demeure de Dryas, secoua la neige qu'il avoit aux pieds, tendit ses collets, englua de longues verges, puis se mit en aguet là auprès, épiant quand viendroient les oiseaux, et à l'aventure Chloé.

Or, quant aux oiseaux, il en vint grande compagnie, et en prit tant qu'il avoit assez affaire à les amasser, à les tuer et à les plumer; mais de la maison ne sortoit personne, homme ni femme, ni coq, ni poule; ains se tenoient tous au-dedans clos et cois au long du feu, dont le pauvre Daphnis étoit en grand émoi d'être venu si mal à point et à heure si malheureuse. Si osa bien penser de trouver un prétexte pour tout droit entrer <u>léans</u>, discourant en lui-même quelle couleur seroit la plus croyable. «Je viens quérir du feu.— Comment? n'avez-vous point de plus proches voisins?—Je demande du pain.—Ton bissac est plein de vivres.—Du vin. —Il n'y a que trois jours que vous avez fait vendanges.—Le loup m'a poursuivi.—Et où en est la trace?—Je suis venu chasser aux oiseaux.—Que ne t'en vas-tu donc après que tu en as assez pris?—Je veux voir Chloé.» Telle chose ne se pouvoit bonnement confesser à un père et à une mère. Ainsi n'y avoit-il pas une de toutes ces occasions-là qui ne portât quelque soupçon. «Mieux vaut, disoit-il, que je m'en aille. Je la reverrai au printemps: non cet hyver, puisque les Dieux, comme je crois, ne veulent pas.» Ayant fait en lui-même ces devis, et serrant jà ce qu'il avoit pris de grives et autres oiseaux, il s'en alloit partir; mais, comme si expressément

Amour eût eu pitié de lui, voici qu'il avint:

Dryas et sa famille à table, le pain et la viande toute prête, chacun entendoit à boire et à manger, et cependant un des chiens de la bergerie, voyant qu'on ne se donnoit point de garde de lui, happe un lopin de chair et s'enfuit hors de la maison; de quoi Dryas courroucé, pour autant mêmement que c'étoit sa part, prend un bâton et court après. En le poursuivant il vint à passer au long de ce lierre où Daphnis avoit tendu ses gluaux, et le vit comme il chargeoit déjà sa prise sur ses épaules, prêt à s'en retourner; et sitôt qu'il l'aperçut, oubliant et chair et chien: «Dieu te gard, mon fils!» s'écria-t-il; puis le vient accoler et baiser, le prend par la main et le mène en sa maison.

Quand ils se virent l'un l'autre, à peine qu'ils ne tombèrent tous deux, de grande aise qu'ils eurent. Ils se forcèrent toutefois de se tenir sur leurs pieds, s'entr'appelèrent, se donnèrent le bon jour, et se baisèrent, ce qui leur fut comme un étai et appui qui leur vint à point pour les engarder de tomber.

Ayant ainsi Daphnis contre son espérance vu, et davantage ayant baisé sa Chloé, s'assit auprès du feu et déchargea sur la table ses grives et ses ramiers, contant à la compagnie comment, ennuyé de tant demeurer à la maison, il s'en étoit venu chasser aux oiseaux, et comment il en avoit pris aucuns avec des collets, d'autres avec des gluaux, ainsi qu'ils venoient aux grains de lierre et de myrte. Ceux de la maison le louèrent grandement de son bon esprit, et le prièrent de manger à bonne chère de ce que le mâtin leur avoit laissé, commandant à Chloé qu'elle leur versât à boire, ce qu'elle fit bien volontiers, à tous les autres premièrement, et puis à Daphnis le dernier; car elle faisoit semblant d'être fâchée contre lui de ce qu'étant venu si près, il s'en étoit voulu aller sans la voir ni parler à elle; et néanmoins, avant que lui présenter à boire, elle but un trait en la tasse, puis lui bailla le demeurant, et lui, encore qu'il eût grand'soif, but lentement et à longue haleine, pour en avoir tant plus de plaisir.

Si fut tantôt la table vide de pain et chair, et lors, assis, ils lui demandèrent nouvelles de Myrtale et Lamon, disant qu'ils étaient bien heureux d'avoir un tel bâton de leur vieillesse; desquelles louanges Daphnis n'étoit pas marri, mêmement qu'on les lui donnoit en présence de sa Chloé. Mais quand ils lui dirent qu'ils le retenoient ce jour et celui d'après, à cause qu'ils devoient le lendemain faire un sacrifice à Bacchus, peu s'en fallut qu'il ne les adorât au lieu de Bacchus. Si tira de son bissac force gâteaux, et des oiseaux qu'ils habillèrent pour le souper. Ainsi fut derechef le feu allumé, le vin tiré, la table dressée, et sitôt qu'il fut nuit close se mirent à manger, après quoi ils passèrent le temps, partie à faire des plaisants contes, et partie à chanter, jusqu'à ce que sommeil leur vint; et lors ils s'en allèrent coucher, Chloé avec sa mère, Daphnis avec Dryas. Chloé n'eut autre bien la nuit que de penser à son Daphnis, qu'elle verroit le lendemain tout le jour, et lui se repaissoit d'une vaine volupté, tenant à grand heur de coucher seulement avec le père de sa Chloé; de sorte que plus d'une fois il l'embrassa et baisa, croyant en rêve embrasser et baiser Chloé.

Le matin il fit un froid extrême, et tira un vent de bise si âpre qu'il brûloit et perçoit tout. Quand ils furent levés, Dryas sacrifia à Bacchus un chevreau d'un an, alluma un grand feu et apprêta le dîner. Adonc, cependant que Napé entendoit à cuire le pain, et Dryas à faire bouillir le chevreau, Chloé et Daphnis, étant de loisir, sortirent tous deux de la maison et s'en allèrent sous le lierre, où ils dressèrent des collets, tendirent des gluaux et prirent encore grand nombre d'oiseaux, en s'entre-baisant parmi continuellement, et tenant tels propos amoureux: «Je suis venu pour toi, Chloé. —Je sais bien, Daphnis.—A cause de toi, belle, je tue ces pauvres oiseaux. Qu'est-il de nos amours? m'as-tu point oublié?—Non, par les Nymphes que je t'ai jurées dans cette grotte où nous nous reverrons dès que la neige sera fondue. —Ah! Chloé, qu'elle est haute cette neige! ne fondrai-je point moi-même avant elle? —Ne te soucie, Daphnis; le soleil sera chaud, mais que vienne prime-vère.—Ah! le fût-il déjà comme le feu qui brûle mon cœur!—Badin, tu te moques de moi, et tu me tromperas quelque jour.—Non ferai, par mes chèvres que tu m'as fait jurer.»

Ainsi que Chloé répondoit en cette sorte à son Daphnis, ne plus ne moins que l'écho, Napé les appela: ils s'y en coururent, portant avec eux leur prise, bien plus grande que celle de la veille, et, après avoir fait des libations à Bacchus, se mirent à manger, ayant sur leurs têtes des couronnes de lierre; et à la fin, ayant bien repu et chanté l'hymne à Bacchus, renvoyèrent Daphnis en lui garnissant très bien son bissac de pain et de chair, et si lui rendirent ses grives et ramiers, disant que quant à eux ils en prendroient bien toujours quand ils voudroient, tant que dureroit l'hiver, et que les grappes ne faudroient au lierre. Ainsi se partit Daphnis, en les baisant tous premier que Chloé, afin que son baiser lui restât pur et net. Depuis il y revint plusieurs fois par autres subtilités, de sorte que l'hiver ne se passa point tout pour eux sans quelque plaisir amoureux.

Et sur le commencement du printemps, que la neige se fondoit, la terre se découvrait et l'herbe dessous poignoit, les bergers alors sortirent et menèrent leurs bêtes aux champs, mais devant tous Daphnis et Chloé, comme ceux qui servoient eux-mêmes à un bien plus grand pasteur; et d'abord s'en coururent droit aux Nymphes dans la caverne, ensuite à Pan sous le pin, puis sous le chêne, où ils s'assirent en regardant paître leurs troupeaux et s'entre-baisant quant et quant; puis allèrent chercher des fleurs pour en faire des couronnes aux Dieux. Mais les fleurs à peine commençoient d'éclore, par la douceur du petit béat de zéphyre qui les ranimoit, et la chaleur du soleil qui les entr'ouvroit. Toutefois encore trouvèrent-ils de la violette, des narcisses, du muguet, et autres telles premières fleurs que produit la saison nouvelle, dont ils firent des chapelets et en couronnèrent les têtes aux images, en leur offrant du lait nouveau de leurs brebis et de leurs chèvres; puis essayèrent à jouer un peu de leurs chalumeaux, comme s'ils eussent voulu provoquer les rossignols à chanter, lesquels leur répondoient de dedans les buissons, commençant petit à petit à lamenter encore Itys et recorder leur ramage, qu'un long silence leur avoit fait oublier.

Et alors aussi les brebis bêloient, les agneaux sautoient et se courboient sous le ventre de leur mère, les béliers poursuivoient les brebis qui n'avoient point encore agnelé, et, les ayant arrêtées, sailloient puis l'une, puis l'autre; autant en faisoient les boucs après les chèvres, sautant à l'environ, combattant et se cossant fièrement pour l'amour d'elles. Chacun avoit les siennes à soi, et gardoit qu'autre ne fît tort à ses amours; toutes choses dont la vue auroit en des vieillards éteints rallumé le feu de Vénus, et trop mieux échauffoit ces deux jeunes personnes, qui, de long-temps inquiets, pourchassant le dernier but du contentement d'amour, brûloient et se consumoient de tout ce qu'ils entendoient et voyoient, cherchant quelque chose qu'ils ne pouvoient trouver, outre le baiser et l'embrasser. Mêmement Daphnis, qui, devenu grand et en bon point, pour n'avoir bougé tout l'hiver de la maison à ne rien faire, frissoit après le baiser, et étoit gros, comme l'on dit, d'embrasser, faisant toutes choses plus curieusement et plus hardiment que paravant, pressant Chloé de lui accorder tout ce qu'il vouloit, et de se coucher nue à nu avec lui plus longuement qu'ils n'avoient accoutumé. «Car il n'y a, disoit-il, que ce seul point qui nous manque des enseignements de Philétas, pour la dernière et seule médecine qui apaise l'amour.»

Et Chloé lui demandant ce qu'il y pouvoit avoir outre se baiser, s'embrasser et se coucher tout vêtus, et ce qu'il pensoit faire plus quand ils seroient couchés nus? «Cela, lui dit-il, que les beliers font aux brebis et les boucs aux chèvres. Vois-tu comment après cela les brebis ne s'enfuient plus, ni les beliers ne se travaillent plus à courir après, mais paissent tous les deux amiablement ensemble, comme étant l'un et l'autre assouvis et contents; et doit bien être quelque chose plus douce que ce que nous faisons, et dont la douceur surpasse l'amertume d'amour.—Et mais, fit-elle, vois-tu pas que les beliers et les brebis, les boucs et les chèvres, faisant ce que tu dis, se tiennent debout; les mâles montent dessus, les femelles soutiennent les mâles sur le dos. Et toi tu veux que je me couche avec toi à terre, et toute nue. Sont-elles donc pas plus vêtues de leur laine ou bien de leur poil que moi de ce qui me couvre?»

Il la crut, et comme elle voulut, se coucha près d'elle, où il fut longtemps, ne sachant comment faire pour venir à bout de ce qu'il desiroit. Il la fit relever, l'embrassa par derrière en imitant les boucs; mais il s'en trouvoit encore moins satisfait que devant. Si se rassit à terre, et se prit à pleurer de ce qu'il savoit moins que les belins accomplir les œuvres d'amour.

Or y avoit-il non guère loin de là un qui cultivoit son propre héritage et s'appeloit Chromis, homme ayant jà passé le meilleur de son âge et étant tout-à-l'heure cassé. Il tenoit avec soi certaine petite femme, jeune et belle et délicate, pour autant mêmement qu'elle étoit de la ville, et avoit nom Lycenion; laquelle, voyant passer tous les matins Daphnis, qui menoit ses bêtes en pâture et le soir les ramenoit au tect, eut envie de s'accointer de lui pour en faire son amoureux, et tant le guetta, qu'une fois le trouvant seulet, elle lui donna une flûte, une gaufre à miel, et une panetière de peau de cerf; mais elle n'osa lui rien dire, se doutant qu'il aimoit Chloé, parce qu'il étoit toujours avec elle; et néanmoins n'en savoit autre chose, sinon qu'elle les avoit vus sourire l'un à l'autre et se faire des signes. Si fit entendre à Chromis, un matin, qu'elle s'en alloit voir une sienne voisine en travail d'enfant, suivit les jeunes gens pas à pas, et, se cachant entre des buissons pour n'être point aperçue, vit de là tout ce qu'ils faisoient, entendit tout ce qu'ils disoient, et très bien sut remarquer comment et pour quelle cause pleuroit le pauvre Daphnis. Par quoi, ayant pitié de leur peine, et quant et quant considérant que double occasion de bien faire se présentoit à elle, l'une de les instruire de leur bien, l'autre d'accomplir son désir, elle usa d'une telle finesse:

66

Le lendemain, feignant d'aller voir sa voisine qui travailloit d'enfant, elle vient droit au chêne sous lequel étoit Daphnis avec Chloé, et, contrefaisant la marrie troublée: «Hélas! mon ami, dit-elle, Daphnis, je te prie, aide-moi. De mes vingt oisons, voilà un aigle qui m'en emporte le plus beau. Mais, parce qu'il est trop pesant, l'aigle ne l'a pu enlever jusque sur cette roche là haut, où est son aire, ains est allé cheoir avec au fond du vallon, dedans ce bois içi: et pour ce, je te prie, mon Daphnis, viens-y avec moi, car toute seule j'ai peur, et m'aide à le recourir. Ne veuille souffrir que mon compte demeure imparfait. A l'aventure pourras-tu bien tuer l'aigle même, qui ainsi ne ravira plus vos agneaux ni vos chevreaux; et Chloé ce temps pendant gardera vos deux troupeaux. Tes chèvres la connoissent aussi bien comme toi, car vous êtes toujours ensemble.»

Daphnis, ne se doutant de rien, se leva incontinent, prit sa houlette en sa main, et s'en fut avec Lycenion. Elle le mena loin de Chloé, dans le plus épais du bois, près d'une fontaine, où l'ayant fait seoir: «Tu aimes, lui dit-elle, Daphnis, tu aimes la Chloé. Les Nymphes me l'ont dit cette nuit. Elles me sont venues, ces Nymphes, conter en dormant les pleurs que tu faisois hier, et si m'ont commandé que je t'ôtasse de cette peine, en t'apprenant l'œuvre d'amour, qui n'est pas seulement baiser et embrasser, ni faire comme les beliers et bouquins; c'est bien autre chose, et bien plus plaisante que tout cela. Par quoi, si tu veux être quitte du déplaisir que tu en as, et trouver l'aise que tu y cherches, ne fais seulement que te donner à moi, apprenti joyeux et gaillard, et moi, pour l'amour des Nymphes, je te montrerai ce qui en est.»

Daphnis perdit toute contenance, tant il fut aise, comme un pauvre garçon de village jeune et amoureux. Si se met à genoux devant Lycenion, la priant à mains jointes de tôt lui montrer ce doux métier, afin qu'il pût faire à Chloé ce qu'il désiroit; et comme si c'eût été quelque grand et merveilleux secret, lui promit un chevreau de lait, des fromages frais, de la crème, et plutôt la chèvre avec. Adonc le voyant Lycenion plus naïf et plus simple encore qu'elle n'avoit imaginé, se prit à l'instruire en cette façon. Elle lui commanda de s'asseoir auprès d'elle, puis de la baiser tout ainsi qu'ils avoient de coutume entre eux, et en la baisant de l'embrasser, et finalement de se coucher à terre au long d'elle. Comme il se fut assis, qu'il l'eut baisée, se fut couché, elle, le trouvant en état, le souleva un peu et se glissa sous lui, puis elle le mit dans le chemin qu'il avoit jusque-là cherché, où chose ne fit qui ne soit en tel cas accoutumée, nature elle-même du reste l'instruisant assez.

Finie l'amoureuse leçon, Daphnis, aussi simple que devant, s'en voulut courir vers Chloé pour lui faire tout aussitôt ce qu'il venoit d'apprendre, comme s'il eût eu peur de l'oublier. Mais Lycenion le retint et lui dit: «Il faut que tu saches encore ceci, Daphnis: c'est que, comme j'étois déjà femme, tu ne m'as point fait mal à ce coup; car un autre homme, il y a déjà quelque temps, m'enseigna cela que je te viens d'apprendre et en eut mon pucelage pour son loyer. Mais Chloé, lorsqu'elle luttera cette lutte avec toi, la première fois elle criera, elle pleurera, et si saignera comme qui l'auroit tuée; mais n'aye point de peur, et quand elle voudra se prêter à toi, amène-la ici, afin que si elle crie, personne ne l'entende, et si elle pleure, personne ne la voie, et si elle saigne, qu'elle se puisse laver en cette fontaine. Et te souvienne cependant que je t'ai fait homme premier que Chloé.»

Après lui avoir donné ces avis, Lycenion s'en alla d'un autre côté du bois, faisant semblant de chercher encore son oison, et Daphnis alors, songeant à ce qu'elle lui avoit dit, ne savoit plus s'il oseroit rien exiger de Chloé outre le baiser et l'embrasser. Il ne vouloir point la faire crier, car ce lui sembloit acte d'ennemi; ni la faire pleurer, car c'eût été signe qu'elle eût senti mal; ou la foire saigner, car, étant novice, il craignoit ce sang, et pensoit être impossible qu'il sortît du sang sinon d'une blessure. Si s'en revint du bois en résolution de prendre avec elle les plaisirs accoutumés seulement, et, venu à l'endroit où elle étoit assise faisant un chapelet de violette, lui controuva qu'il avoit arraché des serres mêmes de l'aigle l'oison de Lycenion; puis, l'embrassant, la baisa comme Lycenion l'avoit baisé durant le déduit, car cela seul lui pouvoit-il, à son avis, faire sans danger; et Chloé lui mit sur la tête le chapelet qu'elle avoit fait, et en même temps lui baisoit les cheveux, comme sentant à son gré meilleur que les violettes; puis lui donna de sa panetière à repaître du raisin sec et quelques pains, et souventefois lui prenoit de la bouche un morceau et le mangeoit, elle, comme petits oiseaux prennent la becquée du bec de leur mère.

Ainsi qu'ils mangeoient ensemble, ayant moins de souci de manger que de s'entrebaiser, une barque de pêcheurs parut, qui voguait au long de la côte. Il ne faisoit vent quelconque, et étoit la mer fort calme, au moyen de quoi ils alloient à rames et ramoient à la plus grande diligence qu'ils pouvoient, pour porter en quelque riche maison de la ville leur poisson tout frais pêché; et ce que tous, mariniers ont accoutumé de faire pour alléger leur travail, ceux-ci le faisoient alors; c'est que l'un d'eux chantoit une chanson marine, dont la cadence régloit le mouvement des rames, et les autres, de même qu'en un chœur de musique, unissoient par intervalles leur voix à celle du chanteur. Or, tant qu'ils voguèrent en pleine mer, le son, dans cette étendue, se perdoit, et la voix s'évanouissoit en l'air; mais quand ils vinrent à passer la pointe d'un écueil et entrer en une baye profonde en forme de croissant, on ouït bien plus fort le bruit des rames, et bien plus distinctement le refrain de leur chanson, pource que le fond de la baye se terminoit en un vallon creux, lequel, recevant le son comme le vent qui s'entonne dedans une flûte, rendoit un retentissement qui représentoit à part le bruit des rames, et la voix des chanteurs à part, chose plaisante à ouïr. Car comme une voix venoit d'abord de la mer, celle qui répondoit de terre résonnoit d'autant plus tard, que plus tard avoit commencé l'autre.

Daphnis, qui savoit que c'étoit de ce retentissement, ne regardoit rien qu'en la mer, et prenoit singulier plaisir à voir la barque voguer vite comme voleroit un oiseau, tâchant à retenir quelque chose de la chanson qu'il pût jouer après sur sa flûte. Mais Chloé, n'ayant jamais ouï ce résonnement de la voix qu'on appelle écho, tournoit la tête, tantôt du côté de la mer, lorsque les pêcheurs chantoient, tantôt vers le bois, cherchant qui leur répondoit. Eux passés, tout se tut en la mer et dans le vallon, et Chloé demandoit à Daphnis si derrière l'écueil y avoit point une autre mer, une autre barque et d'autres rameurs qui chantassent. Il se prit doucement à sourire, et plus doucement encore la baisa; puis, lui mettant sur la tête le chapelet de violettes, commença à lui conter la fable d'Écho, lui demandant pour loyer de lui faire ce beau conte dix autres baisers. Si lui dit: «Il y a, ma mie, plusieurs sortes de Nymphes; les unes sont Nymphes des bois, les autres des prés ou des eaux, toutes belles, toutes savantes en l'art de chanter; et fille d'une d'elles fut jadis Écho, mortelle, pource qu'elle étoit née d'un père mortel; belle, comme fille de belle mère. Elle fut nourrie par les Nymphes et apprise par les Muses, qui lui montrèrent à jouer de la flûte, à former des sons sur la lyre et sur la cithare, et lui enseignèrent toute sorte de chant; si qu'étant jà venue en la fleur de son âge, elle dansoit avec les Nymphes et chantoit avec les Muses: mais elle fuyoit les mâles, autant les Dieux que les hommes, aimant la virginité. Pan se courrouça contre elle, jaloux de ce qu'elle chantoit si bien, et dépité de ne pouvoir jouir de sa beauté. Il rendit furieux les pâtres et chevriers du pays, qui, comme loups ou chiens enragés, se jetèrent sur la pauvre fille, la déchirèrent, chantant encore, et çà et là dispersèrent ses membres pleins d'harmonie. Terre les reçut en faveur des Nymphes, conserva son chant, retient sa musique, et depuis, par le vouloir des Muses, imite les voix et les sons, représente, ainsi que faisoit la pucelle de son vivant, hommes, Dieux, bêtes, instruments, et Pan quand il joue de la flûte, lequel, entendant contrefaire son jeu, saute et court par les montagnes, non pour autre envie, mais cherchant où est l'écolier qui se cache et répète son jeu, sans qu'il le voie ni connoisse.»

Daphnis ayant fait ce conte, Chloé le baisa, non seulement dix fois, comme il avoit demandé, mais beaucoup plus. Car Écho redit, peu s'en faut, tout ce qu'il avoit dit, comme pour témoigner qu'il n'avoit point menti.

La chaleur alloit tous les jours de plus en plus augmentant, parce que le printemps finissoit et l'été commençoit; et aussi avoient-ils de nouveaux passe-temps convenables à la saison d'été. Daphnis nageoit dans les rivières, Chloé se baignoit dans les fontaines; il jouoit de la flûte à l'envi des pins que les vents faisoient résonner; elle chantoit à l'encontre des rossignols à qui mieux mieux. Ensemble ils chassoient aux cigales, prenoient des sauterelles, cueilloient les fleurs, crouloient les arbres, mangeoient les fruits; et à la fin se couchèrent tous deux sous une même peau de chèvre, nue à nu; et lors eût Chloé facilement été faite femme, si Daphnis n'eût craint de lui faire sang; de quoi il avoit si belle peur, qu'appréhendant de n'être pas toujours maître de soi, souvent il empêchoit Chloé de se dépouiller toute nue, tellement qu'elle-même s'en étonnoit; mais elle avoit honte de lui en demander la cause.

Il y eut durant cet été grande presse et pourchas amoureux autour de Chloé pour l'avoir en mariage, et venoit-on de tous côtés la demander à Dryas. Aucuns lui portoient des présents, et tous lui faisoient de grandes promesses; tellement que Napé, mue d'avarice, lui conseilloit de la marier, et ne tenir point plus long-temps une fille si grande en sa maison; que si on ne se hâtait de lui donner mari, elle pourroit à l'aventure bientôt, en gardant ses bêtes par les champs, perdre son pucelage, et se marier pour des pommes ou des roses avec quelque berger; et, ce disoit Napé, valoit mieux, pour le bien d'elle et d'eux aussi, la faire maîtresse de la maison de quelque bon laboureur, et prendre ce qu'on leur offroit, qu'ils garderoient à leur propre fils. Car nonguères auparavant leur étoit né un petit garçon. Et Dryas lui-même quelquefois se laissoit aller à ces raisons; aussi que chacun lui faisoit des offres bien au-delà de ce que méritoit une simple bergère; mais, considérant puis après que la fille n'étoit pas née pour s'allier en paysannerie, et que s'il arrivoit qu'un jour elle retrouvât sa famille, elle les feroit tous heureux, il différoit toujours d'en rendre certaine réponse, et les remettoit d'une saison à l'autre, dont lui venoit à lui cependant tout plein de présents qu'on lui faisoit.

Ce que Chloé entendant en étoit fort déplaisante, et toutefois fut long-temps sans vouloir dire à Daphnis la cause de son ennui. Mais voyant qu'il l'en pressoit et importunoit souvent, et s'ennuyoit plus de n'en rien savoir qu'il n'auroit pu faire après l'avoir su, elle lui conta tout: combien ils étoient de poursuivants qui la demandoient; combien riches! les paroles que disoit Napé à celle fin de la faire accorder, et comment Dryas n'y avoit point contredit, mais remettoit le tout aux prochaines vendanges. Daphnis, oyant telles nouvelles, à peine qu'il ne perdit sens et entendement; et, se séant à terre, se prit à pleurer, disant qu'il mourroit si Chloé cessoit de venir aux champs garder les bêtes avec lui, et que non lui seulement, mais que les brebis et moutons en mourroient de déplaisir, s'ils perdoient une telle bergère. Puis y ayant un peu pensé, il reprit courage et se mit en tête qu'il la pourroit avoir lui-même, s'il la demandoit à son père, espérant facilement l'emporter sur tous les autres, et leur être préféré. Une chose pourtant le troubloit: Lamon n'étoit pas riche; ce seul point lui affoiblissoit fort son espérance. Toutefois il se résolut, quoi qu'il en pût arriver, de la demander à femme, et Chloé même en fut d'avis. Si n'en osa de prime abord rien dire à Lamon, mais découvrit plus hardiment son amour à Myrtale, et lui tint propos comme il désiroit épouser Chloé.

Myrtale la nuit en parla à son mari. Mais Lamon le trouva fort mauvais, et appela sa femme bête, de vouloir marier à une fille de simples bergers tel gars, à qui elle savait bien que les marques et enseignes trouvées quant et lui promettoient autre fortune, et qui un jour ou l'autre, étant reconnu des siens, les pourroit, eux, non seulement affranchir de servitude, mais les faire maîtres de meilleure et plus grande terre que celle qu'ils tenoient comme serfs. Myrtale, toutefois, craignant que le garçon, épris d'amour, s'il perdoit ainsi tout espoir de ce que tant il désiroit, ne fût capable de quelque funeste résolution, lui allégua d'autres motifs et prétextes de refus: «Nous sommes, ce lui dit-elle, pauvres, mon enfant, et avons besoin d'une fille qui nous apporte, plutôt qu'à qui il faille donner: au contraire ils sont riches, eux, et si veulent avoir un mari qui leur donne. Mais va, fais tant envers Chloé, et elle envers son père, qu'il ne nous demande pas grand'chose et qu'il te la donne en mariage. Sans doute elle t'aime aussi, et elle aimera bien mieux coucher avec toi pauvre et beau, qu'avec pas un de ceux-là, qui sont riches et laids comme marmots.»

Myrtale crut par ce moyen avoir doucement éconduit Daphnis. Car elle tenoit pour tout assuré que jamais Dryas n'y consentiroit, ayant en main de plus riches partis qui lui

73

offroient beaucoup de biens. Daphnis, quant à lui, ne se pouvoit plaindre de la réponse, mais, se voyant si loin d'espérance, fit ce que les amants qui sont pauvres ont accoutumé de faire: il se prit à pleurer, et invoqua les Nymphes, lesquelles, la nuit ensuivante, ainsi qu'il dormoit, s'apparurent à lui, en même forme et manière que la première fois; et lui dit la plus âgée d'elles: «A un autre Dieu touche le soin du mariage de Chloé: nous te donnerons, nous, de quoi gagner Dryas. Le bateau des Méthymniens, dont tes chèvres broutèrent le lien l'année passée, fut ce jour-là par les vents emporté bien loin de terre: mais d'autres souffles la nuit le jetèrent contre la côte, où il périt et tout ce qui étoit dedans, sinon qu'avec le débris l'onde poussa sur la grève une bourse de trois cents écus, et est là couverte d'algue, près d'un dauphin mort, qui a été cause que nul passant ne s'en est encore approché, fuyant un chacun la puanteur de cette pourriture. Vas-y, prends la bourse, et la donne. Ce sera assez à cette heure pour montrer que tu n'es point pauvre: mais un temps viendra que tu seras riche.»

Aussitôt dites ces paroles, elles disparurent avec la nuit, et, le jour commençant à poindre, Daphnis se leva tout joyeux, chassa ses bêtes aux champs avec les sons accoutumés, et, ayant baisé Chloé, salué les Nymphes, s'en courut au bord de la mer, comme s'il eût voulu s'asperger d'eau marine. Là, se promenant sur le sable, il alloit par-tout regardant s'il trouveroit point ces trois cents écus, à quoi il n'eut pas grand peine; car la mauvaise odeur du dauphin corrompu lui donna incontinent au nez, et lui servit de guide jusqu'au lieu où, ayant écarté les algues, il trouva dessous la bourse pleine, qu'il enleva, et la mit dans sa panetière. Mais il ne partit point de là qu'il n'eût adoré et remercié les Nymphes, et même la mer; car, tout berger qu'il étoit, il aimoit la mer alors, et elle lui sembloit douce et bonne plus que la terre, pource quelle l'aidoit à parvenir au mariage de son amie.

Étant saisi de cet argent, il n'attendit pas davantage; ains, s'estimant le plus riche, non pas seulement de tous les paysans de là entour, mais aussi de tous les vivants, s'en alla droit à Chloé, lui conta le songe qu'il avoit eu, lui montra la bourse qu'il avoit trouvée, et lui dit de garder leurs bêtes jusqu'à ce qu'il fût de retour; puis prit sa course vers Dryas, lequel il trouva battant le bled dans l'aire avec sa femme Napé. Si lui commença un brave propos, en lui disant ces paroles:

«Donne-moi Chloé en mariage. Je sais bien jouer de la flûte; je sais bien besogner aux vignes et aux arbres, labourer la terre, vanner le bled au vent; et comment je sais gouverner les bêtes, elle-même Chloé te le peut témoigner. On me bailla au commencement cinquante chèvres; je les ai fait multiplier deux fois autant, et si ai élevé de beaux et grands boucs jusqu'à dix, là où premièrement, n'en ayant que deux, nous falloit la plupart du temps mener nos chèvres ailleurs; et si suis jeune et votre voisin, de qui nul ne se sauroit plaindre. Une chèvre m'a nourri, comme Chloé une brebis; et bien que pour tant de choses je dusse être préféré aux autres qui la demandent, encore te donnerai-je plus qu'eux. Ils te donneront, eux, quelques chèvres, quelques moutons, quelque couple de bœufs galeux, du bled de quoi nourrir trois poules; mais moi, voici trois cents écus. Seulement, je te prie que personne n'en sache rien, non pas même mon père Lamon.» En disant ces mots, il lui délivra l'argent, et le baisa quant et quant.

Dryas et Napé, voyant si grosse somme de deniers qu'ils n'en avoient jamais tant vu ensemble, lui promirent aussitôt qu'il auroit Chloé pour sa femme, et dirent qu'ils feroient bien trouver bon ce mariage à Lamon. Si demeurèrent Daphnis et Napé à chasser les bœufs sur l'aire, et faire sortir avec la herse le bled des épis, pendant que Dryas, ayant premièrement serré la bourse et l'argent, s'en alla devers

Lamon et Myrtale, pour leur demander, à vrai dire au rebours de la coutume, leur jeune garçon en mariage.

Il les trouva qu'ils mesuroient l'orge après l'avoir vannée, et se plaignoient qu'à grand peine en recueilloient-ils autant comme ils en avoient semé. Il les réconforta, disant qu'ainsi étoit-il par-tout; puis leur demanda Daphnis à mari pour Chloé, et leur dit que, combien que d'autres lui offrissent et donnassent beaucoup pour l'accorder, il ne vouloit d'eux rien avoir, ains plutôt étoit prêt à leur donner du sien. Car ils ont, disoit-il, été nourris ensemble, et, gardant leurs bêtes aux champs, se sont pris l'un l'autre en telle amitié, qu'il seroit maintenant malaisé de les séparer; et si étoient bien d'âge tous deux pour coucher ensemble. Il leur alléguoit ces raisons et assez d'autres, comme celui qui, pour loyer de les persuader, avoit reçu trois cents écus.

Lamon, ne pouvant plus s'excuser sur sa pauvreté, puisque les parents même de la fille l'en prioient, ni sur l'âge de Daphnis, car il étoit déjà en son adolescence bien avant, n'osa néanmoins dire encore à quoi tenoit qu'il n'y consentît, qui étoit que tel parentage ne convenoit point à Daphnis; mais, après y avoir un peu de temps pensé, il lui répondit en cette sorte: «Vous êtes gens de bien de préférer vos voisins à des étrangers, et de n'aimer point plus la richesse que l'honnête pauvreté. Veuillent Pan et les Nymphes vous en récompenser! Et quant à moi, je vous promets que j'ai autant d'envie comme vous que ce mariage se fasse; autrement serois-je bien insensé, me voyant déjà sur l'âge et ayant plus besoin d'aide que jamais, si je n'estimois un grand heur d'être allié de votre maison; et si est Chloé telle que l'on la doit souhaiter, belle et bonne fille, et où il n'y a que redire. Mais, étant serf comme je suis, je n'ai rien dont je puisse disposer, ains faut que mon maître le sache et qu'il y consente. Or donc, différons, je vous prie, les noces jusques aux vendanges, car il doit, au dire de ceux qui nous

76

viennent de la ville, se trouver alors ici; et lors ils seront mari et femme, et en attendant s'aimeront comme frère et sœur. Mais veux-tu que je te dise? tu prétends pour gendre, Dryas, un qui vaut trop mieux que nous.» Cela dit, il le baisa et lui présenta à boire, car il étoit jà près de midi, et le convoya au retour quelque espace de chemin, lui faisant caresses infinies.

Mais Dryas, qui n'avoit pas mis en oreille sourde les dernières paroles de Lamon, s'en alloit songeant en lui-même qui pouvoit être Daphnis: «Une chèvre fut sa nourrice; les Dieux ont eu soin de lui. Il est beau et ne tient en rien de ce vieillard camus ni de sa femme pelée. Il a trouvé à son besoin ces trois cents écus; à peine pourroit un chevrier finer autant de noisettes. N'auroit-il point été exposé comme Chloé? Lamon l'auroit-il point trouvé, comme moi cette petite, avec telles marques et enseignes comme j'en trouvai quant et elle? O Pan, et vous, Nymphes, veuillez qu'il soit ainsi! A l'aventure un jour Daphnis, reconnu de ses parents, pourra bien faire connoître ceux de Chloé aussi.»

Dryas s'en alloit discourant et rêvant ainsi en lui-même jusques à son aire, où il trouva le gars en grande dévotion d'ouïr quelles nouvelles il apportoit. Si le réconforta en l'appelant de tout loin son gendre, lui promit les noces sans faute aux prochaines vendanges, lui donna la main, foi de laboureur, que Chloé jamais ne seroit à autre que lui. Daphnis aussitôt, sans vouloir ni boire ni manger, s'en recourut vers elle, et l'ayant trouvée qui tiroit ses brebis et faisoit des fromages, il lui annonça la bonne nouvelle de leur futur mariage, et de là en avant ne feignoit de la baiser devant tout le monde, comme sa fiancée, et l'aider en toutes ses besognes, tiroit les brebis dans les seilles, faisoit prendre le lait pour en faire des fromages, mettoit les agneaux sous leur mère, comme aussi ses chevreaux à lui; puis quand tout cela étoit fait, ils se baignoient, mangeoient, buvoient, puis

77

alloient en quête des fruits mûrs, dont y avoit grande abondance, pource que c'étoit après l'oût, dans la richesse de l'automne; force poires de bois, force nèfles et azeroles, force pommes de coing, les unes à terre tombées, les autres aux branches des arbres. A terre elles avoient meilleure senteur, aux branches elles étoient plus fraîches; les unes sentoient comme malvoisie, les autres reluisoient comme or.

Parmi ces pommiers, un, ayant été déjà tout cueilli, n'avoit plus ni feuille ni fruit. Les branches étoient nues, et n'étoit demeuré qu'une seule pomme à la cime de la plus haute branche. La pomme, belle et grosse à merveille, sentoit aussi bon ou mieux que pas une; mais qui avoit cueilli les autres n'avoit osé monter si haut, ou ne s'étoit soucié de l'abattre; ou possible une si belle pomme étoit réservée pour un pasteur amoureux. Daphnis ne l'eut pas sitôt vue qu'il se mit en devoir de l'aller cueillir. Chloé l'en voulut garder; mais il n'en tint compte; pourquoi elle, peureuse et dépite de n'être pas écoutée, s'en fut où étoient leurs troupeaux, et Daphnis, montant au fin faîte de l'arbre, atteignit la pomme, qu'il cueillit, et la lui porta, et, la voyant mal contente, lui dit telles paroles: «Cette pomme, Chloé ma mie, les beaux jours d'été l'ont fait naître, un bel arbre la nourrie; puis, mûrie par le soleil, fortune l'a conservée. J'eusse été aveugle vraiment de ne la pas voir là, et sot, l'ayant vue, de l'y laisser, pour qu'elle tombât à terre, et fût foulée aux pieds des bêtes, ou envenimée de quelque serpent qui eût frayé au long; ou bien, demeurant là-haut, regardée, admirée, enviée, eût été gâtée par le temps. Une pomme fût donnée à Vénus comme à la plus belle; tu mérites aussi bien le prix. Ayant même beauté l'une et l'autre, vous avez juges pareils. Il étoit berger, lui; moi je suis chevrier.»

Disant ces mots, il mit la pomme au giron de Chloé, et elle, comme il s'approcha, le baisa si soevement, qu'il n'eut point de regret d'être monté si haut, pour un baiser qui valoit mieux à son gré que les pommes d'or.

LIVRE QUATRIÈME

Cependant un des gens du maître de Lamon, envoyé de la ville, lui apporta nouvelles que leur commun seigneur viendrait, un peu devant les vendanges, voir si la guerre auroit point fait de dommages en ses terres; à l'occasion de quoi Lamon, étant la saison avancée et passé le temps des chaleurs, accoutra diligemment logis et jardins, pour que le maître n'y vît rien qui ne fût plaisant à voir. Il cura les fontaines, afin que l'eau en fût plus nette et plus claire; il ôta le fumier de la cour, crainte que la mauvaise odeur ne lui en fâchât; il mit en ordre le verger, afin qu'il le trouvât plus beau.

Vrai est que le verger, de soi, étoit une bien belle et plaisante chose, et qui tenoit fort de la magnificence des rois. Il s'étendoit environ demi-quart de lieue en longueur, et étoit en beau site élevé, ayant de largeur cinq cents pas, si qu'il paroissoit à l'œil comme un carré allongé. Toutes sortes d'arbres s'y trouvoient, pommiers, myrtes, mûriers, poiriers; comme aussi des grenadiers, des figuiers, des oliviers, en plus d'un lieu de la vigne haute sur les pommiers et les poiriers, où raisins et fruits mûrissant ensemble, l'arbre et la vigne entre eux sembloient disputer de fécondité. C'étoient là les plants cultivés; mais il y avoit aussi des arbres non portant fruit et croissant d'eux-mêmes, tels que platanes, lauriers, cyprès, pins; et sur ceux-là, au lieu de vigne, s'étendoient des lierres, dont les grappes grosses et jà noircissantes contrefaisoient le raisin. Les arbres fruitiers étoient au dedans vers le centre du jardin, comme pour être mieux gardés, les stériles aux orées tout alentour comme un rempart, et tout cela clos et environné d'un petit mur sans

79

ciment. Au demeurant, tout y étoit bien ordonné et distribué, les arbres par le pied distants les uns des autres, mais leurs branches par en haut tellement entrelacées, que ce qui étoit de nature sembloit exprès artifice. Puis y avoit des carreaux de fleurs, desquelles nature en avoit produit aucunes et l'art de l'homme les autres; les roses, les œillets, les lis y étoient venus moyennant l'œuvre de l'homme; les violettes, le narcisse, les marguerites, de la seule nature. Bref, il y avoit de l'ombre en été, des fleurs au printemps, des fruits en automne, et en tout temps toutes délices.

On découvroit de là grande étendue de plaine, et pouvoit-on voir les bergers gardant leurs troupeaux et les bêtes emmi les champs; de là se voyoit en plein la mer et les barques allant et venant au long de la côte, plaisir continuel joint aux autres agréments de ce séjour. Et droit au milieu du verger, à la croisée de deux allées qui le coupoient en long et en large, y avoit un temple dédié à Bacchus avec un autel, l'autel tout revêtu de lierre et le temple couvert de vigne. Au dedans étoient peintes les histoires de Bacchus: Sémèle qui accouchoit, Ariane qui dormoit, Lycurgue lié, Penthée déchiré, les Indiens vaincus, les Tyrrhéniens changés en dauphins, par-tout des Satyres gaîment occupés aux pressoirs et à la vendange, par-tout des Bacchantes menant des danses. Pan n'y étoit point oublié, ains étoit assis sur une roche, jouant de sa flûte, en manière qu'il sembloit qu'il jouât une note commune, et aux Bacchantes qui dansoient, et aux Satyres qui fouloient la vendange.

Le verger étant tel d'assiette et de nature, Lamon encore l'approprioit de plus en plus, ébranchant ce qui étoit sec et mort aux arbres, et relevant les vignes qui tomboient. Tous les jours il mettoit sur la tête de Bacchus un chapeau de fleurs nouvelles; il conduisoit l'eau de la fontaine dedans les carreaux où étoient les fleurs; car il y avoit dans ce verger une source vive que Daphnis avoit trouvée, et pour ce l'appeloit-on la fontaine de Daphnis, de laquelle on arrosoit les fleurs. Et à lui, Lamon lui recommandoit qu'il engraissât bien ses chèvres le plus qu'il pourroit, parce que le maître ne faudrait à les vouloir voir comme le reste, n'ayant de long-temps visité ses terres et son bétail.

Mais Daphnis n'avoit pas peur qu'il ne fût loué de quiconque verroit son troupeau, car il l'avoit accru du double, et montroit deux fois autant de chèvres comme on lui en avoit baillé, n'en ayant le loup ravi pas une; et si étoient en meilleur point et plus grasses que les ouailles. Afin néanmoins que son maître en eût de tant plus affection de le marier où il vouloit, il employoit toute la peine, soin et diligence qu'il pouvoit à les rendre belles, les menant aux champs dès le plus matin et ne les ramenant qu'il ne fût bien tard. Deux fois le jour il les faisoit boire, et leur cherchoit tous les endroits où il y avoit meilleure pâture: il se souvint aussi d'avoir des battes neuves, force seilles à traire et des éclisses plus grandes; enfin, tant il y mettoit d'amour et de souci, il leur oignoit les cornes, il leur peignoit le poil; à les voir on eût dit proprement que c'étoit le troupeau sacré du dieu Pan. Chloé en avoit la moitié de la peine, et, oubliant ses brebis, étoit la plupart du temps embesognée après les chèvres; et Daphnis croyoit qu'elles sembloient belles à cause que Chloé y mettoit la main.

Eux étant ainsi occupés, vint un second messager dire qu'on vendangeât au plus tôt, et qu'il avoit charge de demeurer là jusqu'à ce que le vin fût fait, pour puis après s'en retourner en la ville quérir leur maître, qui ne viendroit sinon au temps de cueillir les derniers fruits, sur la fin de l'automne. Ce messager s'appeloit Eudrome, qui vaut autant dire comme coureur, et étoit son métier de courir par-tout où on l'envoyoit. Chacun s'efforça de lui faire la meilleure chère qu'on pouvoit. Et cependant ils se mirent tous à vendanger, si qu'en peu de jours on eut dépouillé la vigne, pressé le raisin, mis le vin dans les jarres, laissant une quantité des plus belles grappes aux branches pour ceux qui viendraient de la ville, afin qu'ils eussent une image du plaisir de la vendange, et pensassent y avoir été.

Quand Eudrome fut près de s'en aller, Daphnis lui fit don de plusieurs choses, mêmement de ce que peut donner un chevrier, comme de beaux fromages, d'un petit chevreau, d'une peau de chèvre blanche ayant le poil fort long, pour se couvrir l'hyver quand il alloit en course, dont il fut aise, baisa Daphnis en lui promettant de dire de lui tous les biens du monde à leur maître. Ainsi s'en retourna le coureur à la ville, bien affectionné en leur endroit, et Daphnis demeura aux champs en grand souci avec Chloé. Elle avoit bien autant de peur pour lui que lui-même, songeant que c'étoit un jeune garçon qui n'avoit jamais rien vu, sinon ses chèvres, la montagne, les paysans et Chloé, et bientôt alloit voir son maître, dont à peine il avoit ouï le nom avant cette heure-là. Elle s'inquiétoit aussi comment il parlerait à ce maître, et étoit en grand émoi touchant leur mariage, ayant peur qu'il ne s'en allât comme un songe en fumée; tellement que, pour ces pensers, leurs ordinaires baisers étoient mêlés de crainte et leurs embrassements soucieux, où ils demeuraient long-temps serrés dans les bras l'un de l'autre; et sembloit que déjà ce maître fût venu et que de quelque part il les eût pu voir. Comme ils étoient en cette peine, encore leur survint-il un trouble nouveau.

Il y avoit là auprès un bouvier nommé Lampis, de naturel malin et hardi, qui pourchassoit aussi avoir Chloé en mariage, et à Lamon avoit fait pour cela plusieurs présents, lequel ayant senti le vent que Daphnis la devoit épouser, pourvu que le maître en fût content, chercha les moyens de faire que ce maître fût courroucé à eux, et, sachant qu'il prenoit sur-tout grand plaisir à son jardin, délibéra de le gâter et diffamer tant qu'il pourrait. Or s'il se fût mis à couper les arbres, on l'eût pu entendre et surprendre; il pensa donc de plutôt faire le gât dans les fleurs. Si attendit la nuit, et, passant par-dessus la petite muraille, s'en va les arracher, rompre, froisser, fouler toutes comme un sanglier, puis sans bruit se retire; âme ne l'aperçut.

Lamon, le jour venu, entrant au jardin, comme de coutume, pour donner aux fleurs l'eau de la fontaine, quand il vit toute la place si outrageusement vilenée qu'un ennemi, en guerre ouverte, venu pour tout saccager, n'y eût sçu pis faire, lors il déchira sa jaquette, s'écriant: «O Dieux!» si fort que Myrtale, laissant ce qu'elle avoit en main, s'en courut vers lui, et Daphnis, qui déjà chassoit ses bêtes aux champs, s'en recourut aussi au logis, et, voyant ce grand désarroi, se prirent tous à crier, et en criant à larmoyer; mais vaines étoient toutes leurs plaintes.

Si n'étoit pas merveille que eux qui redoutaient l'ire de leur seigneur en pleurassent, car un étranger même à qui le fait n'eût point touché en eût bien pleuré de voir un si beau lieu ainsi dévasté, la terre toute en désordre jonchée du débris des fleurs, dont à peine quelqu'une, échappée à la malice de l'envieux, gardoit ses vives couleurs, et ainsi gisante étoit encore belle. Les abeilles voloient alentour en murmurant continuellement, comme si elles eussent lamenté ce dégât, et Lamon, tout éploré, disoit telles paroles: «Ah! mes beaux rosiers, comme ils sont rompus! Ah! mes violiers, comme ils sont foulés! Mes hyacinthes et mes narcisses sont arrachés! Ç'a bien été quelque méchant et mauvais homme qui me les a ainsi perdus. Le printemps reviendra, et ceci ne fleurira point; l'été retournera, et ce lieu demeurera sans parure; l'automne, il n'y aura point ici de quoi faire un bouquet seulement. Et toi, sire Bacchus, n'as-tu point eu de pitié de ces pauvres fleurs, que l'on a ainsi, toi présent et devant tes yeux, diffamées, desquelles je t'ai fait tant de couronnes! Comment maintenant montrerai-je à mon maître son jardin?

Que me dira-t-il quand il le verra si piteusement accoutré? Ne fera-t-il pas pendre ce malheureux vieillard, comme Marsyas, à l'un de ces pins? Si fera, et à l'aventure Daphnis aussi quant et quant, pensant que ç'aura été sa faute pour avoir mal gardé ses chèvres.»

Ces regrets et pleurs de Lamon leur redoublèrent le deuil à tous, pource qu'ils déploroient non plus le gât des fleurs, mais le danger de leurs personnes. Chloé lamentait son pauvre Daphnis, s'il falloit qu'il fût pendu, et prioit aux Dieux que ce maître tant attendu ne vînt plus; et lui étoient les jours bien longs et pénibles à passer, pensant voir déjà comme l'on fouettoit le pauvre Daphnis.

Sur le soir Eudrome leur vint annoncer que dans trois jours seulement arriverait leur vieux maître, mais que le jeune, qui étoit son fils, viendroit dès le lendemain. Si se mirent à consulter entre eux ce qu'ils avaient à faire touchant cet inconvénient, et appelèrent à ce conseil Eudrome, qui, voulant du bien à Daphnis, fut d'avis qu'ils déclarassent la chose à leur jeune maître comme elle étoit avenue; et si leur promit qu'il les aideroit, ce qu'il pouvoit très bien faire, étant en la grâce de son maître à cause qu'il étoit son frère de lait; et le lendemain firent ce qu'il leur ayoit dit. Car Astyle vint le lendemain, à cheval, et quant et lui un sien plaisant qu'il menoit pour passer le temps, à cheval aussi, lui jeune homme à qui la barbe commençoit à poindre, l'autre rasé jà de longtemps. Arrivé ce jeune maître, Lamon se jeta devant ses pieds, avec Myrtale et Daphnis, le suppliant avoir pitié d'un pauvre vieillard et le sauver du courroux de son père, attendu qu'il ne pouvoit mais de l'inconvénient, et lui conte ce que c'étoit. Astyle en eut pitié, entra dans le jardin, et, ayant vu le gât, leur promit de les excuser, et en prendre sur lui la faute, disant que, ç'auroient été ses chevaux qui, s'étant détachés, auroient ainsi rompu, foulé, froissé, arraché tout ce qui étoit de plus beau.

Pour cette bénigne réponse Lamon et Myrtale firent prières aux Dieux de lui accorder l'accomplissement de ses désirs. Mais Daphnis lui apporta davantage de beaux présents, comme des chevreaux, des fromages, des oiseaux avec leurs petits, des grappes tenant au sarment et des pommes, encore aux branches; et aussi lui donna Daphnis de ce fameux vin odorant que, produit Lesbos, vin le meilleur de tous à boire. Astyle loua ses présents et lui en sut fort bon gré, et, en attendant son père, se divertissoit à chasser au lièvre, comme un jeune homme de bonne maison, qui ne cherçhoit que nouveaux passetemps et étoit là venu pour prendre l'air des champs.

Mais Gnathon étoit un gourmand, qui ne savoit autre chose faire que manger et boire jusqu'à s'enivrer, et après boire assouvir ses déshonnêtes envies; en un mot, tout gueule et tout ventre, et tout ... ce qui est au-dessous du ventre; lequel ayant vu Daphnis quand il apporta ses présents, ne faillit à le remarquer; car outre ce qu'il aimoit naturellement les garçons, il rencontroit en celui-ci une beauté telle que la ville n'en eût su montrer de pareille. Si se proposa de l'accointer, pensant aisément venir à bout d'un jeune berger comme lui. Ayant tel dessein dans l'esprit, il ne voulut point aller à la chasse avec Astyle, ains descendit vers la marine, là où Daphnis gardoit ses bêtes, feignant que ce fût pour voir les chèvres, mais au vrai c'étoit pour voir le chevrier. Et afin de le gagner d'abord, il se mit à louer ses chèvres, le pria de lui jouer sur sa flûte quelque chanson de chevrier, et lui promit qu'avant peu il le feroit affranchir, ayant, disoit-il, tout pouvoir et crédit sur l'esprit de son maître.

Et comme il crut s'être rendu ce jeune garçon obéissant, il épia le soir sur la nuit qu'il ramenoit son troupeau au tect, et, accourant à lui, le baisa premièrement, puis lui dit qu'il se prêtât à lui en même façon que les chèvres aux boucs. Daphnis fut long-temps qu'il n'entendoit point ce qu'il vouloit dire, et à la fin lui répondit que c'étoit bien chose naturelle que le bouc montât sur la chèvre, mais qu'il n'avoit oncques vu qu'un bouc saillit un autre bouc, ni que les béliers montassent l'un sur l'autre, ni les coqs aussi, au lieu de couvrir les brebis et les poules.

Non pour cela Gnathon lui met la main au corps comme le voulant forcer. Mais Daphnis le repoussa rudement, avec ce qu'il étoit si ivre qu'à peine se tenoit-il en pieds, le jeta à la renverse, et, partant comme un jeune levron, le laisse étendu, ayant affaire de quelqu'un pour le relever. Daphnis de là en avant ne s'approcha plus de lui, mais menoit ses chèvres paître tantôt en un lieu, tantôt en un autre, le fuyant autant qu'il cherchoit Chloé. Gnathon même ne le poursuivoit plus depuis qu'il l'eût reconnu non seulement beau, mais fort et roide jeune garçon; si cherchoit occasion propre pour en parler à Astyle, et se promettoit que le jeune homme lui en feroit don, ayant accoutumé de ne lui refuser rien. Toutefois pour l'heure il ne put, car Dionysophane et sa femme Cléariste arrivèrent, et y avoit dans la maison grand tumulte de chevaux, de valets, d'hommes et de femmes; mais, en attendant qu'il le trouvât seul, il lui préparait une belle harangue de son amour.

Or avoit Dionysophane les cheveux déjà demi-blancs, grand et bel homme d'ailleurs, et qui de la disposition de sa personne eût encore tenu bon aux jeunes gens; riche autant que qui que ce fût des citoyens de sa ville, et de meilleur cœur que pas un. Il sacrifia le premier jour de son arrivée aux divinités champêtres, à Cérès, à Bacchus, à Pan, aux Nymphes, et fit un festin à toute sa famille. Les jours suivants il visita les champs que tenoit Lamon; et voyant partout terres bien labourées, vignes bien façonnées, le verger beau au demeurant, car Astyle avoit pris sur lui le gât des fleurs et du jardin, il fut fort joyeux de trouver tout en si bon ordre, et, louant Lamon de sa diligence, il lui promit la liberté.

Cela vu, il alla voir aussi les chèvres et le chevrier qui les gardoit. Chloé, ayant peur et honte tout ensemble de si grande compagnie, s'enfuit cacher dedans le bois. Daphnis demeura, et se présenta les épaules couvertes d'une peau de chèvre à long poil, une panetière toute neuve en écharpe à son côté, tenant en l'une de ses mains de beaux fromages tout frais faits, et en l'autre deux chevreaux de lait. Si jamais, comme l'on dit, Apollon garda les bœufs de Laomédon, il étoit tel que parut alors Daphnis, lequel quant à lui ne dit mot, mais, le visage plein de rougeur et les yeux baissés, s'inclinant devant le maître, lui offrit ses dons, et adonc Lamon, prenant la parole, dit: «C'est celui, mon maître, qui garde tes chèvres. Tu m'en baillas cinquante avec deux boucs, et il t'en a fait cent, et dix boucs. Vois-tu comme elles sont grasses et bien vêtues, et qu'elles ont les cornes entières et belles! Il les a instruites, et sont toutes apprises à entendre la musique, et font tout ce qu'on veut en oyant seulement le son de la flûte.»

Cléariste, qui étoit là présente, eut envie d'en voir l'expérience. Si commanda à Daphnis qu'il jouât de la flûte ainsi qu'il avoit accoutumé quand il vouloit faire faire quelque chose à ses chèvres, et lui promit, s'il flûtoit bien, de lui donner un sayon neuf, une chemisette et des souliers. Adonc Daphnis, debout sous le chêne, toute la compagnie en rond autour de lui, tira sa flûte de sa panetière, et premièrement souffla un bien peu dedans; soudain ses chèvres, s'arrêtant, levèrent toutes la tête; puis sonna pour les faire paître, et toutes, aussitôt, mettant le nez en terre, se prennent à brouter; puis il leur sonna un chant mol et doux, et incontinent se couchèrent à terre; un autre clair et agu, et elles s'enfuirent dans le bois comme à l'approche du loup; tôt après un son de rappel, et adonc, sortant toutes du bois, se viennent rendre à ses pieds. Varlets ne sçauroient être plus obéissants au commandement de leur maître qu'elles étoient au son de sa flûte; de quoi tous les assistants demeurèrent émerveillés, spécialement Cléariste, laquelle jura qu'elle donneroit ce qu'elle avoit promis au gentil chevrier, qui étoit si beau et sçavoit si bien jouer de la flûte. Après cela ils s'en allèrent, et, rentrés au logis, soupèrent et envoyèrent à Daphnis de ce qui leur fut servi, qu'il mangea avec Chloé, joyeux de goûter des mets apprêtés à la façon de la ville, au reste ayant bonne espérance de parvenir, du gré de ses maîtres, au mariage de son amie.

Mais Gnathon, que la beauté de Daphnis, tel qu'il l'avoit vu avec son troupeau, enflammoit de plus en plus, croyant ne pouvoir sans lui avoir aise ni repos, profita d'un moment qu'Astyle se promenoit seul au jardin, le mena dans le temple de Bacchus, et là se mit à lui baiser les mains et les pieds; et Astyle lui demandant pourquoi il faisoit tout cela, et que c'étoit qu'il vouloit dire: «C'en est fait, mon maître, dit-il, du pauvre Gnathon. Lui qui n'a été jusqu'ici amoureux que de bonne chère, qui ne voyoit rien si aimable qu'une pleine jarre de vin vieux, à qui sembloient tes cuisiniers la fleur des beautés de Mitylène, il ne trouve plus rien de beau ni d'aimable que Daphnis seul au monde. Oui, je voudrois être une de ses chèvres, et laisserois là tout ce qu'on sert de meilleur à ta table, viande, poisson, fruit, confitures, pour paître l'herbe au son de sa flûte et sous sa houlette brouter la feuillée. Mais toi, mon maître, tu le peux, sauve la vie à ton Gnathon, et, te souvenant qu'Amour n'a point de loi, prends pitié de son amour: autrement, je te jure mes grands Dieux qu'après m'être bien empli le ventre, je prends mon couteau, je m'en vas devant la porte de Daphnis, et là je me tuerai tout de bon, et tu n'auras plus à qui tu puisses dire: «Mon petit Gnathon, Gnathon mon ami.»

Le jeune homme, de bonne nature, ne put souffrir de voir ainsi Gnathon pleurer et derechef lui baiser les mains et les pieds, mêmement qu'il avoit éprouvé que c'est de la détresse d'amour. Si lui promit qu'il demanderoit Daphnis à son père, et l'emmèneroit comme pour être son serviteur à la ville, où lui Gnathon en pourroit faire tout ce qu'il voudroit; puis, pour un peu le conforter, lui demanda en riant s'il n'auroit point de honte de baiser un petit pâtre tel que ce fils de Lamon, et le grand plaisir que ce lui seroit d'avoir à ses côtés couché un gardeur de chèvres; et en disant cela il faisoit un fi, comme s'il eût senti la mauvaise odeur du bouc. Mais Gnathon, qui avoit appris aux tables des voluptueux tant qu'il se peut dire et conter de propos d'amour, pensant avoir bien de quoi justifier sa passion, lui répondit d'assez bon sens: «Celui qui aime, ô mon cher maître, ne se soucie point de tout cela; ains n'y a chose au monde, pourvu que beauté s'y trouve, dont on ne puisse être épris. Tel a aimé une plante, tel un fleuve, tel autre jusqu'à une bête féroce, et si pourtant, quelle plus triste condition d'amour que d'avoir peur de ce qu'on aime? Quant à moi, ce que j'aime est serf par le sort, mais noble par la beauté. Vois-tu comment sa chevelure semble la fleur d'hyacinthe, comment au-dessous des sourcils ses yeux étincellent ne plus ne moins qu'une pierre brillante mise en œuvre, comment ses joues sont colorées d'un vif incarnat! et cette bouche vermeille ornée de dents blanches comme ivoire, quel est celui si insensible et si ennemi d'Amour qui n'en désirât un baiser? J'ai mis mon amour en un pâtre; mais en cela j'imite les Dieux. Anchise gardoit les bœufs: Vénus le vint trouver aux champs; Branchus paissoit les chèvres, et Apollon l'aima; Ganimède étoit berger, et Jupiter le ravit pour en avoir son plaisir. Ne méprisons point un enfant auquel nous voyons les bêtes mêmes si obéissantes; mais bien plutôt remercions les aigles de Jupiter, qui souffrent telle beauté demeurer encore sur la terre.»

Astyle, à ces mots, se prit à rire, disant qu'Amour, à ce qu'il voyoit, faisoit de grands orateurs, et depuis cherchoit occasion d'en pouvoir parler à son père. Mais Eudrome avoit écouté en cachette tout leur devis, et, étant marri qu'une telle beauté fût abandonnée à cet ivrogne, outre ce que d'inclination il vouloit grand bien à Daphnis, alla aussitôt tout conter et à lui-même et à Lamon. Daphnis en fut tout éperdu de prime-abord, délibérant s'enfuir plutôt avec Chloé, ou bien ensemble mourir. Mais Lamon, appelant Myrtale hors de la cour: «Nous sommes perdus, ma femme, lui dit-il; voici tantôt découvert ce que nous tenions caché. Deviennent ce qu'elles pourront et les chèvres et le reste; mais, par les Nymphes et Pan, dussé-je, comme on dit, rester bœuf à l'étable et ne faire plus rien, je ne me tairai point de la fortune de Daphnis, ains déclarerai comment je l'ai trouvé abandonné, dirai comment je l'ai vu nourri, et montrerai ce que j'ai trouvé quant et lui, afin que ce coquin voye où s'adresse son amour. Prépare-moi seulement les enseignes de reconnoissance.» Cela dit, ils rentrèrent tous deux.

Cependant Astyle, trouvant son père à propos, lui demanda permission d'emmener Daphnis à Mitylène, disant que c'étoit un trop gentil garçon pour le laisser aux champs, et que Gnathon l'auroit bientôt instruit au service de la ville. Le père y consentit volontiers, et, faisant appeler Lamon et Myrtale, leur dit pour bonne nouvelle que Daphnis, au lieu de garder les bêtes, serviroit de là en avant son fils Astyle en la ville, et promit qu'il leur donnerait deux autres bergers au lieu de lui. Adonc, étant jà les autres esclaves accourus bien joyeux d'avoir un tel compagnon, Lamon demanda congé de parler; ce qui lui étant accordé, il parla en cette sorte: «Je te prie, mon maître, écoute un propos véritable de ce pauvre vieillard; je jure les Nymphes et le dieu Pan que je ne te mentirai d'un mot. Je ne suis pas le père de Daphnis, ni n'a été ma femme Myrtale si heureuse que de porter un tel enfant. Il fut exposé tout petit par des parents qui en avoient possible assez d'autres plus grands. Je le trouvai abandonné de père et de mère, allaité par une de mes chèvres, laquelle j'ai enterrée dans le jardin, après qu'elle fut morte de sa mort naturelle, l'ayant aimée pource qu'elle avoit fait œuvre de mère envers cet enfant. Je trouvai quant et quant des joyaux qu'on avoit laissés avec lui, pour une fois le reconnoître. Je le confesse, et les garde; car ce sont marques auxquelles on peut voir qu'il est issu de bien plus haut état que le nôtre. Or ne suis-je point marri qu'il serve ton fils Astyle, et soit à beau et bon maître un beau et bon serviteur: mais je ne puis du tout souffrir qu'on le livre à Gnathon pour en faire comme d'une femme.»

Lamon, ayant dit ces paroles, se tut et répandit force larmes. Gnathon fit du courroucé en le menaçant de le battre; mais Dionysophane, frappé de ce qu'avoit dit Lamon, regarda Gnathon de travers et lui commanda qu'il se tût, puis interrogea de rechef le vieillard, lui enjoignant de dire vérité, sans controuver des menteries pour cuider retenir son fils. Lamon, persistant dans son dire, attesta les Dieux, et s'offrit à tout souffrir s'il mentoit. Dionysophane adonc, examinant ses paroles, avec Cléariste assise auprès de lui: «A quelle fin auroit Lamon controuvé ce récit, vu que pour un chevrier on lui en veut donner deux? Comment seroit-ce qu'un rude paysan eût inventé tout cela? Puis, n'étoit-il pas visible qu'un si bel enfant n'avoit pu naître de telles gens?» Si pensèrent d'un commun accord que, sans y songer davantage ni tant deviner, il falloit voir les enseignes de reconnoissance, pour s'assurer si elles appartenoient, ainsi qu'il disoit, à plus haut état que le sien. Myrtale les alla incontinent quérir dedans un vieux sac où ils les gardoient. Le premier qui les vit fut Dionysophane; et dès qu'il aperçut le petit mantelet d'écarlate avec une boucle d'or et le couteau à manche d'ivoire, il s'écria à haute voix: «O Jupiter!» et appela sa femme pour les voir aussi; laquelle, sitôt qu'elle les vit, s'écria semblablement: «O fatales Déesses! ne sont-ce point là les joyaux que nous mîmes avec notre enfant, quand nous l'envoyâmes exposer par notre servante Sophroné? Il n'y a point de doute, ce sont ceux-là mêmes. Mon mari, l'enfant est nôtre. Daphnis est ton fils et garde les chèvres de son propre père.»

Comme elle parloit encore, et que Dionysophane, jetant abondance de larmes, de grande joie qu'il avoit, baisoit ces enseignes de reconnoissance, Astyle, ayant entendu que Daphnis étoit son frère, posa vitement sa robe et s'en courut par je jardin, pour être le premier à le baiser. Daphnis, le voyant accourir vers lui avec tant de gens, et qu'il crioit: «Daphnis, Daphnis!» pensant que ce fût pour le prendre, jette sa flûte et sa panetière, et se met à fuir vers la mer pour se précipiter du haut du rocher; et possible Daphnis, par étrange accident, alloit être aussitôt perdu que retrouvé, si Astyle, se doutant pourquoi il fuyoit, ne lui eût crié de tout loin: «Arrête, Daphnis; n'aie point de peur; je suis ton frère; tes maîtres sont tes parents; Lamon nous a tout conté, nous a tout montré; regarde seulement, vois comme nous rions. Mais baise-moi le premier. Par les Nymphes, je ne te ments point.»

A peine s'arrêta Daphnis quand il eut oui ce serment, et attendit Astyle, qui, les bras ouverts, accouroit, et l'ayant joint l'embrassa. Puis toute la maison, serviteurs, servantes, père, mère, venus, à leur tour l'embrassoient, le baisoient. Lui de sa part leur faisoit fête, mais sur tous autres à son père et à sa mère, et sembloit qu'il les connût jà long-temps auparavant, tant les serroit contre son sein, et à peine se pouvoit arracher de leurs bras. Nature se reconnoît d'abord. Il en oublia un moment Chloé. Si le conduisirent au logis, et lui donnèrent une belle et riche robe neuve; puis étant vêtu, fut assis auprès de son père, qui leur commença tel propos:

«Mes enfants, je fus marié bien jeune, et après quelque temps devins père bien heureux, comme il me sembloit pour lors; car le premier enfant que ma femme fit fut un fils, le second une fille, et le troisième fut Astyle. Je pensai que trois me seroient suffisante lignée, et venant celui-ci après tous, le fis exposer au maillot, avec ces bagues et bijoux, que je croyois pour lui ornements funéraires, plutôt que marques destinées à le faire connoître un jour. Mais fortune en avoit autrement disposé. Car mon fils aîné et ma fille moururent de même mal en même jour; et toi, Daphnis, par la providence des Dieux, tu nous as été conservé, afin que nous ayons plus de support en notre vieillesse. Pourtant ne me hais point, mon fils, de t'avoir fait exposer; ainsi le vouloient les Dieux. Et toi, qu'il ne te fâche, Astyle, de partager ton héritage; car il n'est richesse qui vaille un bon frère. Aimez-vous, mes enfants, l'un l'autre, et quant aux biens, vous en aurez de quoi n'envier rien aux rois. Je vous laisserai grandes terres, nombre de gens habiles à tout, or, argent, et de toutes choses qu'ont les hommes riches et heureux. Mais je veux que mon fils Daphnis en son partage ait ce lieu-ci, et lui donne Lamon et Myrtale, et les chèvres qu'il a gardées.»

Il parloit encore, et Daphnis, sautant en pieds soudainement: «Tu m'en fais souvenir, mon père: je m'en vais mener boire mes chèvres, dit-il. Elles ont soif à cette heure, et attendent pour aller boire le son de ma flûte, et je suis assis à ne rien faire.» Chacun se prit à rire de voir Daphnis qui, devenu maître, vouloit être encore chevrier. On envoya quelque autre avoir soin de ses chèvres, et puis ils sacrifièrent à Jupiter Sauveur et firent un grand festin. Gnathon seul n'osa s'y trouver, mais demeuroit jour et nuit dans le temple de Bacchus, comme un suppliant, pour la peur qu'il avoit de Daphnis.

Le bruit incontinent s'étant épandu par-tout que Dionysophane avoit retrouvé un sien fils, et que Daphnis, qui menoit les chèvres aux champs, étoit devenu le maître et des chèvres et des champs, les voisins paysans accoururent de toutes parts pour se conjouir avec lui et faire des présents à son père, et Dryas tout des premiers, le nourricier de Chloé. Dionysophane les retint tous pour la fête, ayant fait d'avance préparer force pain, force vin, du gibier de toute sorte, des gâteaux au miel à foison, veaux et petits cochons de lait, et victimes à immoler aux Dieux protecteurs du pays.

Et lors Daphnis amassa tous ses meubles de chevrier, dont il fit présent aux Dieux, consacrant sa panetière et sa peau de chèvre à Bacchus, à Pan sa flûte, sa houlette aux Nymphes avec ses sebiles à traire qu'il avoit lui-même faites. Mais, tant est plus douce que richesse une première accoutumance, il ne pouvoit sans pleurer laisser aucune de ces choses. Il ne suspendit ses sebiles qu'après y avoir trait ses chèvres, ni ne donna sa flûte à Pan, qu'il n'en eût joué encore une fois, ni sa peau de chèvre à Bacchus, qu'après se l'être vêtue, et chaque chose qu'il donnoit, il la baisoit premièrement. Il dit adieu à ses chèvres; il appela ses bouquins l'un après lautre par leur nom; et but aussi à la fontaine où tant de fois il avoit bu avec sa Chloé; mais il n'osoit encore parler de leurs amours.

Or cependant qu'il entendoit aux offrandes et sacrifices, voici qu'il avint de Chloé. Seulette aux champs, elle étoit assise à garder ses moutons, disant comme pauvre délaissée: «Daphnis m'oublie; maintenant il songe à quelque riche mariage. Pourquoi lui ai-je fait jurer, au lieu des Nymphes, ses chèvres? Il les a oubliées aussi, et même, en sacrifiant aux Nymphes et à Pan, n'a point désiré voir Chloé. Il aura trouvé chez sa mère les servantes même plus belles. Adieu donc, Daphnis. Sois heureux; mais moi, je ne sçaurois plus vivre.»

Elle étant en cette rêverie, le bouvier Lampis, aidé de quelques autres paysans, la vint enlever, croyant que Daphnis ne devoit plus l'épouser, et que Dryas, quand une fois elle seroit entre ses mains, consentiroit qu'elle lui demeurât. La pauvrette, comme on l'emportoit, crioit tant qu'elle pouvoit, et quelqu'un qui vit cette violence s'en courut avertir Napé, et elle Dryas, et Dryas Daphnis, lequel à peine qu'il ne sortit du sens, n'osant recourir à son père, et ne pouvant néanmoins laisser Chloé sans secours. Si s'en alla dans le jardin, et là faisoit ses plaintes tout seul: «O malheureux que je suis d'avoir retrouvé mes parents! Combien m'eût été meilleur de garder toujours les bêtes aux champs! Combien plus étois-je content quand j'étois serf avec Chloé! Alors je la voyois; alors je la baisois: et maintenant Lampis l'a ravie et s'en va avec; et quand la nuit sera venue, il couchera avec elle, pendant que je suis ici à boire et faire bonne chère. J'ai donc en vain juré mes chèvres, le dieu Pan et les Nymphes.»

Or Gnathon, qui étoit caché dedans la chapelle du verger, entendit clairement ces complaintes de Daphnis, et, pensant que c'étoit une bonne occasion pour faire sa paix avec lui, prit quelques jeunes valets d'Astyle, et s'en alla après Dryas, lui disant qu'il les conduisît en la maison de Lampis, ce qu'il fit; et diligentèrent si bien, qu'ils surprirent Lampis ainsi comme il ne faisoit que d'entrer en son logis avec Chloé, laquelle il lui ôta d'entre les mains à force, et dola très bien les épaules de tous les rustauts qui lui avoient aidé à faire ce rapt, à grands coups de bâton; puis voulut prendre et lier Lampis pour l'amener prisonnier; mais il se sauva de vitesse.

Gnathon, ayant fait un tel exploit, s'en retourna qu'il étoit jà nuit toute noire, et trouva Dionysophane jà couché en son lit dormant. Mais le pauvre Daphnis veilloit, et étoit encore dedans le verger, où il se déconfortoit et pleurait: si lui amena Chloé, et, la lui livrant entre ses mains, lui conta comme il avoit fait, le priant de ne se vouloir souvenir en rien du passé, mais l'avoir pour sien serviteur, ni le débouter de sa table, sans laquelle il lui seroit force de mourir de male

95

faim. Daphnis, voyant Chloé, la tenant de Gnathon, fut facile à faire appointement avec lui, et envers elle s'excusa de ce qu'il pouvoit sembler l'avoir oubliée: et, de commun consentement, furent d'avis de ne point encore déclarer leur mariage; que Daphnis continuerait de voir Chloé en secret, et ne découvrirait son amour qu'à sa mère. Mais Dryas ne le permit point, ains le voulut dire lui-même au père de Daphnis, se faisant fort de lui faire bien accorder. Si prit le lendemain, aussitôt qu'il fut jour, les enseignes de reconnoissance qu'il avoit trouvées avec Chloé, et s'en alla devers Dionysophane, qu'il trouva dans le verger, assis avec Cléariste et leurs deux enfants Astyle et Daphnis: si leur commença à dire: «Même nécessité me contraint de vous déclarer un secret tout pareil à celui de Lamon, c'est que je n'ai engendré ni nourri le premier cette jeune fille Chloé. Autre que moi l'a engendrée; une brebis l'a allaitée dedans la caverne des Nymphes. Je la vis; ébahi, je la pris, l'emportai, et depuis l'ai nourrie et élevée. Sa beauté même le témoigne, car elle ne tient en rien de nous; aussi font les marques et enseignes que je trouvai avec elle, plus riches que ne porte l'état d'un pauvre pâtre. Voyez-les, et puis cherchez ses vrais parents, si à l'aventure elle seroit point sortable pour femme à Daphnis.»

Dryas ne jeta point sans dessin cette parole, ni Dionysophane ne la reçut en vain; mais, prenant garde au visage de Daphnis, et le voyant changer de couleur et se détourner pour pleurer, connut bien incontinent qu'il y avoit des amourettes entre eux deux; et, étant soigneux de son fils plus que de la fille d'autrui, examina le plus diligemment qu'il put la parole de Dryas: et, quand encore il eut vu les marques de reconnoissance qui avoient été exposées avec elle, c'est à sçavoir des patins dorés, des chausses brodées, et une coiffe d'or, adonc appela-t-il Chloé, et lui dit qu'elle fît bonne chère, pour ce que jà elle avoit trouvé un mari, et bientôt après trouveroit son père et sa mère.

Cléariste dès-lors la prit avec elle, la vêtit et accoutra comme femme de son fils. Mais Dionysophane appela Daphnis à part, et lui demanda si elle étoit encore pucelle. Daphnis lui jura qu'elle ne lui avoit rien été de plus près que du baiser, et du serment par lequel ils avoient promis mariage l'un à l'autre. Dionysophane se prit à rire de ce serment, et les fit tous deux dîner avec lui.

Là eût-on pu voir ce que c'est qu'ornement à naturelle beauté; car Chloé, vêtue et coiffée, bien que de sa simple chevelure, et ayant lavé son visage, sembla à chacun si belle par-dessus le passé, que Daphnis même à peine la reconnoissoit; et quiconque l'eût vue en tel état, n'eût point fait doute d'affirmer par serment qu'elle n'étoit point fille de Dryas, lequel toutefois étoit à table comme les autres avec sa femme Napé, et Lamon et Myrtale aussi, tous quatre sur un même lit.

Quelques jours après on fit derechef des sacrifices aux Dieux pour l'amour de Chloé, comme l'on avoit fait pour Daphnis, et fit-on semblablement le festin de sa reconnoissance; et elle de son côté distribua ses meubles de bergerie aux Dieux, sa panetière, sa flûte, et les tirouers où elle tiroit les brebis, et épandit dedans la fontaine qui étoit en la caverne des Nymphes, du vin, à cause qu'elle avoit été trouvée et nourrie auprès d'icelle fontaine; et sema de chapelets et bouquets de fleurs la sépulture de la brebis, que Dryas lui enseigna, et joua encore de sa flûte pour réjouir ses brebis, faisant prière aux Nymphes que ceux qui seroient trouvés ses naturels parents fussent dignes d'être alliés de Daphnis.

Après qu'ils eurent fait assez de fêtes et de bonne chère aux champs, ils délibérèrent de s'en retourner à la ville, afin de chercher les parents de Chloé, pour ne différer plus les noces: par quoi, dès le matin, firent trousser tout leur bagage, et donnèrent à Dryas encore autres trois cents écus, et à Lamon la moitié des fruits de toutes les terres et vignes qu'il tenoit, les chèvres avec leurs chevriers, quatre paires de bœufs, des robes fourrées pour l'hiver, et, par-dessus tout cela, la liberté à lui et sa femme Myrtale, puis cheminèrent vers Mitylène, avec grand train de chevaux et de chariots.

Or, ce jour-là, pource qu'ils arrivèrent le soir bien tard, les autres citoyens de la ville n'en sçurent rien: mais, le lendemain au plus matin, le bruit en étant couru partout, il s'assembla au logis de Dionysophane grande multitude d'hommes et de femmes; les hommes pour s'éjouir avec le père de ce qu'il avoit retrouvé son fils, mêmement après qu'ils eurent vu comme il étoit beau et gentil; et les femmes, pour s'éjouir aussi avec Cléariste de ce que non seulement elle avoit recouvré son fils, mais aussi trouvé une fille digne d'être sa femme; car Chloé les étonna toutes, quand elles virent en elle une si parfaite beauté qu'il n'étoit possible d'en voir une plus belle. Brief, toute la ville ne parloit d'autre chose que de ce jeune fils et de cette jeune fille, et disoit chacun que l'on n'eût sçu choisir une plus belle couple: si prioient tous aux Dieux que la parenté de la fille fût trouvée correspondante à sa beauté. Il y eut plusieurs femmes de riches maisons qui souhaitèrent en elles-mêmes et dirent: «Plût aux Dieux que l'on pensât assurément qu'elle fût ma fille!»

Mais Dionysophane, après avoir quelque temps pensé à cette affaire, s'endormit sur le matin profondément; et en dormant lui vint un songe: il lui fut avis que les Nymphes prioient Amour de parfaire et accomplir à la fin le mariage qu'il leur avoit promis; et qu'Amour, détendant son petit arc, et le jetant en arrière auprès de son carquois, commanda à Dionysophane qu'il envoyât le lendemain semondre tous les premiers personnages de la ville pour venir souper en son logis; et qu'au dernier cratère, il fît apporter sur table les enseignes de reconnoissance qui avoient été trouvées avec Chloé, et qu'il les montrât à tous les conviés: puis, cela fait, qu'ils chantassent la chanson nuptiale d'hyménée.

Dionysophane, ayant eu cette vision en dormant, se leva de bon matin, et commanda à ses gens que l'on préparât un beau festin, où il y eût de toutes les plus délicates viandes que l'on trouve, tant en terre qu'en mer, ès lacs et ès rivières, envoya quant et quant prier de souper chez lui tous les plus apparents de la ville.

Quand la nuit fut venue, et le cratère empli pour les libations à Mercure, lors un serviteur de la maison apporta dedans un bassin d'argent ces enseignes, et les montra de rang à chacun des conviés. Il n'y eut personne des autres qui les reconnût, fors un nommé Mégaclès, qui, pour sa vieillesse, étoit au bout de la table, lequel, sitôt qu'il les aperçut, les reconnut incontinent, et s'écria tout haut: «O Dieux! que vois-je là! Ma pauvre fille, qu'es-tu devenue? es-tu en vie? ou si quelque pasteur a enlevé ces enseignes qu'il aura par fortune trouvées en son chemin? Je te prie, Dionysophane, de me dire dont tu les as recouvrées: n'aye point d'envie que je recouvre ma fille comme tu as recouvré Daphnis.»

99

Dionysophane voulut premièrement qu'il contât devant la compagnie comment il avoit fait exposer son enfant. Adonc Mégaclès, d'une voix encore toute émue: «Je me trouvai, dit-il, long-temps y a, quasi sans bien, pource que j'avois dépendu tout le mien à faire jouer des jeux publics, et à faire équiper des navires de guerre; et, lorsque cette perte m'advint, il me naquit une fille, laquelle je ne voulus point nourrir en la pauvreté où j'étois, et pourtant la fis exposer avec ces marques de reconnoissance, sçachant qu'il y a plusieurs gens qui, ne pouvant avoir des enfants naturels, désirent être pères en cette sorte, à tout le moins d'enfants trouvés. L'enfant fut portée en la caverne des Nymphes, et laissée en la protection et sauve-garde d'icelles. Depuis, les biens me sont venus par chacun jour en grande affluence, et si n'avois nul héritier à qui je les pusse laisser; car depuis je n'ai pas eu l'heur de pouvoir avoir une fille seulement: mais les Dieux, comme s'ils se vouloient mocquer de moi, m'envoyent souvent des songes, lesquels me promettent qu'une brebis me fera père.»

Dionysophane, à ce mot, s'écria encore plus fort que n'avoit fait Mégaclès, et, se levant de la table, alla quérir Chloé, qu'il amena vêtue et accoutrée fort honnêtement; et la mettant entre les mains de Mégaclès, lui dit; «Voici l'enfant que tu as fait exposer, Mégaclès; une brebis, par la providence des Dieux, te l'a nourrie, comme une chèvre m'a nourri Daphnis. Prends-la avec ces enseignes, et, la prenant, rebaille-la en mariage à Daphnis. Nous les avons tous deux exposés, et tous deux les avons retrouvés: ils ont été tous deux nourris ensemble, et tout de même ont été préservés par les Nymphes, par le dieu Pan, et par Amour.»

Mégaclès s'y accorda incontinent, et envoya quérir sa femme, qui avoit nom Rhodé, tenant cependant toujours sa fille Chloé entre ses bras; et demeurèrent tous deux chez Dionysophane au coucher, pource que Daphnis avoit juré qu'il ne souffrirait emmener Chloé à personne, non pas à son propre père. Et le lendemain au matin ils prièrent tous les deux leurs pères et mères qu'ils leur permissent de s'en retourner aux champs, parce qu'ils ne se pouvoient accoutumer aux façons de faire de la ville, et aussi qu'ils vouloient faire des noces pastorales; ce qui leur fut permis. Si s'en retournèrent au logis de Lamon, et présentèrent au bon homme Mégaclès le nourricier de Chloé, Dryas, et sa femme Napé à la mère Rhodé.

Le festin nuptial fut somptueusement préparé, et Mégaclès derechef dévoua sa fille Chloé aux Nymphes; et, outre plusieurs autres offrandes, leur donna les enseignes auxquelles elle avoit été reconnue, et donna encore bonne somme d'argent à Dryas.

Dionysophane, pour ce que le jour étoit beau et serein, fit dresser dedans l'antre même des Nymphes des tables avec des lits de verte ramée, où prirent place tous les paysans de là alentour. Lamon et Myrtale y étoient, Dryas et Napé, les parents de Dorcon, les enfants de Philétas, Chromis et Lycenion. Lampis même y vint, après qu'on lui eut pardonné: et là, comme entre villageois, tout s'y disoit et faisoit à la villageoise; l'un chantoit les chansons que chantent les moissonneurs au temps des moissons, l'autre disoit des brocards qu'on a accoutumé de dire en foulant la vendange. Philétas joua de sa flûte, Lampis du flageolet, et cependant Daphnis et Chloé se baisoient l'un l'autre.

Les chèvres mêmes paissoient là auprès comme si elles eussent été participantes de la bonne chère des noces, ce qui ne plaisoit pas à ceux venus de la ville; et Daphnis, en appelant aucunes par leurs propres noms, leur donnoit de la feuillée verte à brouter, et, les prenant par les cornes, les baisoit. Et non pas lors seulement, mais en tout le reste de leur vie, passèrent le plus du temps et la meilleure partie de leurs jours en état de pasteurs; car ils acquirent force troupeaux de chèvres et de brebis, eurent toujours en singulière révérence les Nymphes et le dieu Pan, et ne trouvèrent point, à leur goût, de meilleure viande ni plus savoureuse nourriture que du fruit et du lait; et qui plus est, firent téter à leur premier enfant, qui fut un fils, une chèvre; et au second, qui fut une fille, firent prendre le pis d'une brebis, et le nommèrent Philopœmen, et la fille Agélée; et ainsi vécurent aux champs longues années en grand soulas. Ils eurent soin aussi de faire honorablement accoutrer la caverne des Nymphes, y dédièrent de belles images, et y édifièrent un autel d'Amour Pastoral; et à Pan, au lieu qu'il étoit à découvert sous le pin, firent faire un temple qu'ils appelèrent le temple de Pan le Guerroyeur.

Tout cela fut long-temps après; mais pour lors, quand la nuit fut venue, tout le monde les convoya jusqu'en leur chambre nuptiale, les uns jouant de la flûte, les autres du flageolet, et aucuns portant des fallots et flambeaux allumés devant eux; puis, quand ils furent à l'huis de la chambre, commencèrent à chanter Hyménée d'une voix rude et âpre, comme si avec une marre ou un pic ils eussent voulu fendre la terre.

Cependant Daphnis et Chloé se couchèrent nuds dans le lit, là où ils s'entre-baisèrent et s'entre-embrassèrent sans clore l'œil de toute la nuit, non plus que chats-huants; et fit alors Daphnis ce que Lycenion lui avoit appris, à quoi Chloé connut bien que ce qu'ils faisoient paravant dedans les bois et emmi les champs n'étoit que jeux de petits enfants.

FIN DU LIVRE IV ET DERNIER.

GLOSSAIRE-INDEX.

A quoi, pour quoi. «A quoi faire nous entre-cherchons-nous?» P. 58.

Abrit, abri.

Accomparer, comparer.

Adonc, alors, donc.

Affection, envie, désir. P. 129.

Affié (?) «Que j'ai planté moi-même, affié, accoutré...» P. 52. Je ne connais ce mot qu'avec le sens d'*affirmer*, *assurer*, *promettre*.

Ains, mais, mais au contraire.

Amour. Ce dieu, fils de Mars et de Vénus, était représenté sous la figure d'un enfant aveugle, ailé, armé d'un arc et de flèches.

Anchise, prince troyen, plut à Vénus, comme le dit notre livre (p. 143). De leur commerce résulta le pieux Enée.

Aorner, orner, décorer.

Apollon, fils de Jupiter et de Latone, dieu du soleil, des arts, des lettres, de la médecine, fut exilé sur la terre à la suite d'une querelle avec le maître des dieux; il y fut berger, maçon, etc. Il y fit bien des victimes parmi le beau sexe. Quant à ce que dit de lui cet affreux Gnathon (p. 143), il est permis de croire que c'est un fait controuvé, invoqué en faveur d'une mauvaise cause.

Appointement, réconciliation.

Ariane, fille de Minos et de Pasiphaé, devint, après bien des malheurs, l'épouse de Bacchus.

Arondelle, hirondelle.

Assurer (s'), prendre courage, devenir plus hardi, se rassurer.

Aucune fois, quelquefois.

Avenir, advenir. «Voici qu'il avint.» P. 151.

Avenir, atteindre. «Les plus basses branches des vignes où elle pouvoit avenir.» P. 50. Ce mot me paraît se rapprocher du verbe *aveindre*.

Aventure, hasard, — *à l'aventure*, peut-être, par hasard. — *d'aventure*, par hasard.

BACCHANTES, femmes qui célébraient le culte de Bacchus.

BACCHUS, dieu du vin, fils de Jupiter et de Sémélé. Notre livre indique, p. 127, la plupart de ses hauts faits: sa naissance, son union avec Ariane, sa conquête de l'Inde, la punition infligée à ceux qui s'opposèrent à l'établissement de son culte, Penthée, Lycurgue de Thrace, etc.

Bagues, vêtements, linge, bagages.

Bailler, donner.

Baller, danser.

Belin, bélier.

Boucquin, bouquin, bouc.

Bramer, crier. Ne se dit ordinairement que du cerf en rut.

BRANCHUS, mentionné page 143. V. APOLLON.

Brief, bref, adv.

Bruit, réputation, renommée. «Il avoit le bruit d'être homme de grande foi et loyauté.» P. 65.

Cabasset, espèce de morion ou petit casque. (*Dict. de l'Acad.*)

Canne, roseau. «Flûte à sept cannes.» P. 75.

Capitainesse, la galère montée par le capitaine ou chef de l'expédition.

CARIE, ancienne contrée de l'Asie Mineure, bornée au sud par la Méditerranée.

Celle, cette. «A celle fin de la faire accorder.» P. 114.

Chanter, s. m., chant, action de chanter.

Chapelet, petit chapeau, couronne. «Chapelets de fleurs nouvelles.» P. 28.

Chère, mine, visage.

Comme, comment.

Complaindre (se), se plaindre, se lamenter.

Complaintes, plaintes, lamentations.

Conforter, consoler, encourager.

Corselet, cuirasse légère.

Cosser, se heurter de la tête. «Deux boucs cossant l'un contre l'autre.» P. 23.

Cratère, espèce de tasse à boire, en usage chez les anciens. «Et le cratère empli pour les libations à Mercure.» P. 158.

Croisée, carrefour, lieu où se croisent deux chemins. «A la croisée de deux allées.» P. 127.

Crouler un arbre, le secouer pour en faire tomber le fruit.

Cuider, croire.

Cuider, manquer, être sur le point de... «Dryas lui cuida presque accorder le mariage.» P. 33.

Daguet, se dit d'un jeune cerf qui est à sa première tête, qui pousse son premier bois. Ici on le dit d'un chevreau. P. 58.

Dea, exclamation. Dieu! oui-da!

Décerner, employé dans un sens inusité. «Décernèrent sur-le-champ la guerre.» P. 68.

Déchaux, pieds-nus. P. 45.

Délibérer, décider. «Si délibéra de se laver.» p. 24.

Demeurance, demeure, habitation.

Départir (se), se séparer de, quitter. «Se départit d'avec eux.» P. 58.

Dépendre, dépenser. «Pour ce que j'avois dépendu tout le mien.» P. 159.

Déplaisant, contrarié, affligé. «Chloé en étoit fort déplaisante.» P. 113.

Diffamer, déshonorer, gâter. P. 131.

Doler, aplatir, unir comme avec une doloire? «Et dola très-bien les épaules de tous les rustauts.» P. 153.

Dont, d'où. P. 159.

Écho, nymphe, fille de l'Air et de la Terre. Son histoire, telle qu'elle est racontée page 110, s'écarte beaucoup de la version ordinaire.

Éclisses, ronds d'osier ou de jonc sur lesquels on met égoutter le lait caillé pour en faire des fromages.

Éjouir (s'), se réjouir.

Emmi, parmi, au milieu de.

Empêcher, occuper, embarrasser. «Si qu'il ne fut plus besoin d'en empêcher tant de gens.» P. 51.

Engarder, préserver, garder.

Ensuivant, qui suit. «La nuit ensuivante.» P. 116.

Entendre à, être occupé à, attentif à. «Napé entendoit à cuire le pain.» P. 98.

Entour, aux environs.

Ès, dans les. «Ès lacs et ès rivières.» <u>P. 158</u>.

Étriver, lutter. «Lequel étrivoit à chanter à l'encontre d'elle.» <u>P. 42</u>

Facture, façon, fabrication. «Les plantes et les arbres sont de sa facture. >» <u>P. 57</u>.

Feindre, hésiter, reculer. «Ne feignoit de la baiser.» <u>P. 122</u>. De là peut venir le mot populaire *feignant,* plutôt que du mot *fainéant.*

Feuillade, Feuillée, branches feuillues.

Fiance, foi, confiance. «Un dieu volage auquel n'y a point de fiance.» <u>P. 87</u>.

Finablement, finalement.

Finer, obtenir, se procurer. «Le plus long qu'ils purent finer.» <u>P. 63</u>.—«A peine pourroit un chevrier finer autant de noisettes.» <u>P. 121</u>.

Force (prendre à), violer.

Fors, excepté, hormis.

Fouaces, sorte de pain ou de gâteau.

Fouteau, hêtre.

Frisser (?) «Frissoit après le baiser.» <u>P. 101</u>.

Fûte, navire.

Fy, foi. «Ma fy.» <u>P. 29</u>.

GANIMÈDE, jeune prince, fils d'un roi de Troie, fut enlevé par l'aigle de Jupiter pour remplacer Hébé comme échanson des dieux,

Garçonnet, petit garçon.

Gât, dégât, dommage.

Gente, gentille.

Halbrans, jeunes canards sauvages.

Haute heure (à), tard dans la matinée; vers midi.

Heur, bonheur.

Hocqueton, hoqueton, sorte de casaque.

Huis, porte.

Hure, est dit ici de la peau de la tête d'un loup (p. 34). Se dit plus ordinairement de la tête d'un sanglier.

Hyacinthe. L'hyacinthe à fleur noire dont il est parlé ici (p. 30) est actuellement, si je ne me trompe, inconnue aux horticulteurs. Peut-être nos jacinthes n'ont-elles rien de commun avec l'hyacinthe des anciens.

Hyménée, fils de Bacchus et de Vénus, présidait au mariage.

Icelle, cette, celle dont il a déjà été question. «L'enfant fut porté en la caverne des Nymphes, et laissé en la protection d'icelles.» P. 160.

INDIENS. V. BACCHUS.

Ire, colère.

ITYS, fils de Térée et de Progné. Sa mère le fit manger à Térée pour se venger de ce qu'il avait violé Philomèle. Homère raconte cette histoire d'une autre façon.

Jà, déjà, certainement. «L'un pensoit être jà blessé.» P. 74.

Jonchée, sorte de fromage. «La jonchée du lait de ses brebis.» P. 31.

JUPITER, père et maître des dieux.

Là, dans le cas. «Et là où elle te fera faute.» P. 87.

LAOMÉDON, roi de Troie, célèbre par sa mauvaise foi. Apollon garda ses troupeaux.

Léans, là-dedans.

LESBOS, aujourd'hui Metelin, île de la mer Egée, sur la côte d'Asie. Ses principales villes étaient Mitylène, Méthymne et Lesbos.

Liesse, joie.

Lit. Les anciens s'asseyaient sur des lits pour prendre leurs repas. «Dryas étoit à table comme les autres avec sa femme Napé, et Lamon et Myrtale aussi, tous quatre sur un même lit.» P. 155.

Loyer, prix, récompense.

LYCURGUE. V. BACCHUS.

Mais que, pourvu que.

Mal, male, mauvais, mauvaise.

Marine, la mer.

Marmot, espèce de singe à longue queue. «Laids comme marmots.» P. 115.

Marre, espèce de houe.

MARSYAS, Phrygien, fut victime d'un mouvement de vivacité d'Apollon; ayant défié le dieu comme musicien, il fut vaincu, puis écorché vif.

MERCURE, fils de Jupiter et de Maia, était messager des dieux, et dieu lui-même de l'éloquence, du commerce et des voleurs.

METHYMNE, ville de l'île de Lesbos.

Meubles, ustensiles. «Daphnis amassa tous ses meubles de chevrier.» P. 150.

MITYLENE. Voy. LESBOS.

Moissine, faisceau de branches de vigne. «Des moissines avec les grappes et la pampre encore au sarment. >» P. 81.

Mors, mordu. «Dorcon, qui avoit été mors et aux cuisses et aux épaules.» P. 36.

MUSES. Les neuf Muses, filles de Jupiter et de Mnémosyne, étaient déesses des sciences et des arts.

Musser, cacher.

Navrer, blesser.

Ne, ni. «Ne plus ne moins.» P. 56.

Nonguères, peu.

Nourrir, élever. «Comme sienne la nourrir.» P. 18. «Simple fille nourrie aux champs.» P. 26.

NYMPHES, femmes tenant de la divinité et de l'humanité, et personnifiant certaines forces de la nature. Les *Uranies* présidaient aux astres, les *Potamides* aux fleuves, les *Épimélides* (p. 87) aux prairies et aux troupeaux, etc.

Orée, bord, lisière.

Oût (l'), le mois d'août, l'été.

PAN, fils de Jupiter et de Callisto, présidait aux troupeaux et aux pâturages. L'histoire de son amour pour Syringe ou Syrinx est racontée p. 82.

Par quoi, pourquoi.

Part (de sa), de son côté.

Passion, souffrance, agitation. «Ils eurent même passion qu'auparavant» P. 37.

Patins, sorte de souliers.

Penser, s. m. Pensée.

PENTHÉE, roi de Thèbes, s'opposa au culte de Bacchus, et fut mis en pièces par sa mère et ses deux tantes, un beau jour qu'elles étaient en train de fêter le dieu du vin.

Pertuiser, percer, trouer.

Petit (un), un peu.

Peur, de peur.

Pieds (en), debout.

Plaisamment, agréablement.

Plaisant, agréable. «Un plaisant instrument de musique.» P. 83.

Porter, comporter. P. 154.

Possible, peut-être.

Pour, à cause de, par suite de. «Pour ma vieillesse.» P. 52.

Pour autant, d'autant plus.

Pource que, parce que.

Pourchas, recherche, poursuite.

Pourtant, ainsi, par conséquent. «Pourtant ne t'afflige point.» P. 72.

Premier, premièrement. «Comme celui qui lors premier expérimentoit les étincelles d'amour.» P. 33.

Prendre (se), se mettre à... «Et se prirent les brebis à paître.» P. 48.

Prime-vère, printemps.

Quant et, avec.

Quant et quant, avec, en même temps, du même coup.

Que, ce que. «Cherchant en soi-même que c'étoit d'amour.» P. 28.

Rebailler, rendre, redonner.

Recorder, se rappeler.

Recourir, secourir. P. 104.

Remémorer, se rappeler.

Rustaut, paysan grossier.

SATYRES, dieux champêtres, qu'on représente avec des oreilles et des pieds de bouc.

Sauteler, sautiller, bondir.

Sauter en pieds, se lever vivement.

Sauveté (à), hors de péril.

Sayon, espèce de casaque.

SCYTHIE, vaste région qui comprenait tous les pays septentrionaux de notre hémisphère étrangers à la civilisation des anciens.

Seille, seau, baquet.

SÉMÈLE ou Sémélé, fille de Cadmus; fut aimée de Jupiter, qui la rendit mère de Bacchus.

Semondre, inviter, convier.

Seoir, asseoir.

Si, ainsi. «Si lui fut avis.» P. 72.—De telle sorte. «Si qu'un enfant hors du maillot atteindroit aux grappes.» P. 50.— Pourtant, néanmoins. «Et si n'ai rien de leur senteur.» P. 30.

Soève, doux. «L'air tout embaumé soève à respirer.» P. 38.

Soèvement, doucement.

Soulas, plaisir, jouissance.

Souloir, avoir coutume. «La panetière dont ils souloient tirer leur manger.» P. 92.

Souventes fois, souvent.

Sur tous, de préférence.

Syringe ou Syrinx. Voyez son histoire, p. 82.

Tect, toit, désigne ici l'étable de divers animaux. Ordinairement on n'applique ce mot qu'à la loge où l'on enferme les cochons: «Un toit à porcs.»

Tirer, traire. «L'ayant trouvée qui tiroit ses brebis.» P. 122.

Tirer outre, s'en aller.

Tirouers, bassins à traire les brebis. P. 156.

Tourteau, sorte de gâteau.

Tout beau, doucement.

Toute nuit, toute la nuit durant.

Travailler (se), se donner du soin, de la peine.

Trop mieux, d'autant mieux. P. 101.

Trop plus, plus, beaucoup plus.

Tyr, aujourd'hui *Sour*, ville de Syrie.

Tyrrhéniens. Furent changés en dauphins par Bacchus. Voy. p. 127.

Varlet, valet. P. 140.

Vénus, déesse de la beauté, fille de Jupiter, femme de Vulcain, mère de l'Amour, eut des bontés, pour la plupart des dieux et pour un grand nombre de mortels.

Verde, verte.

Voir, essayer, tâcher: «Pour voir d'être belle comme lui.» P. 26.

Voire, vraiment, même.